हिंदी में
पहली बार

Google™ भारत

योगेश पटेल

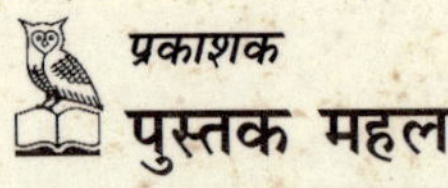
प्रकाशक
पुस्तक महल

J-3/16, दरियागंज, नई दिल्ली-110002
☎ 23276539, 23272783, 23272784 • फैक्स: 011-23260518
E-mail: info@pustakmahal.com • *Website:* www.pustakmahal.com

विक्रय केन्द्र

• 10-बी, नेताजी सुभाष मार्ग, दरियागंज, नई दिल्ली-110002
☎ 23268292, 23268293, 23279900 • फैक्स: 011-23280567
E-mail: rapidexdelhi@indiatimes.com

• **हिन्द पुस्तक भवन**
6686, खारी बावली, दिल्ली-110006
☎ 23944314, 23911979

शाखाएं

बंगलुरू: ☎ 080-2234025 • टेलीफैक्स: 080-22240209
E-mail: pustak@sancharnet.in • pustak@airtelmail.in

मुंबई: ☎ 022-22010941, 022-22053387
E-mail: rapidex@bom5.vsnl.net.in

पटना: ☎ 0612-3294193 • टेलीफैक्स: 0612-2302719
E-mail: rapidexptn@rediffmail.com

हैदराबाद: टेलीफैक्स: 040-24737290
E-mail: pustakmahalhyd@yahoo.co.in

ISBN 978-81-223-1221-8

संस्करण: 2011

मुद्रक: यूनिक कलर कार्टन दिल्ली

विषयसूची

प्रस्तावना

दोस्तों,

समय बीतने के साथ-साथ इंटरनेट एक आवश्यकता से बढ़कर एक जरूरत बन चुका है। नितदिन नए-नए एप्लीकेशन्स ने इंटरनेट से लगभग सभी को परिचित करा दिया है। वैसे इंटरनेट रूपी इस पुस्तकालय में मौजूद लाखों पुस्तक रूपी वेबसाइट्स को खोजने में जिस लाइब्रेरियन ने हमारी सबसे ज्यादा सहायता की है, वह है गूगल गुरू। गुरू इसलिये क्योंकि जिस प्रकार से हमारे गुरू हमारी सभी समस्याओं को दूर करते हुए मार्गदर्शन करते हैं उसी प्रकार से गूगल भी इंटरनेट की हमारी सभी समस्याओं को दूर करते हुए हमें उपयुक्त साइट तक पहुँचाता है।

लेकिन ऐसा नहीं है कि गूगल मात्र एक सर्च इंजिन तक ही सीमित है। यह एक सर्च इंजिन से बढ़कर है, जो आपको न केवल सारी दुनिया की साइट्स को खोजने का मौका प्रदान करता है बल्कि इसकी सहायता से आप अपने दोस्तों के साथ चैट कर सकते हैं, फोटो, वीडियो, डॉक्यूमेंट्स आदि को साझा कर सकते हैं, किसी एक भाषा में दिये गये टैक्स्ट, डॉक्यूमेंट या वेबपेज का अनुवाद दूसरी भाषा में कर सकते हैं, नए दोस्तों से जुड़ सकते हैं आदि।

इस पुस्तक को कुल पांच भागों में बांटा गया है। प्रथम भाग में आप गूगल, उसकी विभिन्न खूबियों, सेवाओं, उसके होमपेज और सर्च विधियों के बारे में जानेंगे।

दूसरे भाग में गूगल आपको सोशल नेटवर्किंग की दुनिया से जोड़ेगा, जिसमें आप जीमेल में ई-मेल आईडी बनाना, ऑर्कुट पर स्क्रैप करना, ब्लॉगिंग करना और चैटिंग करना सीखेंगे।

तीसरा भाग आपको पृथ्वी के हर कोने तक पहुंचाएगा और साथ आपको मैप के जरिये रास्ते भी बताएगा। साथ ही आप चंद्रमा और मंगल की सतह के बारे में भी जानेंगे।

चौथे भाग में बताया गया है कि आप किस प्रकार से गूगल से मल्टीमीडिया को खोज सकते हैं और कैसे यूट्यूब पार्टनर बनकर घर बैठे पैसे कमा सकते हैं।

पांचवे भाग में न केवल यह जानेंगे कि किस प्रकार से किसी टैक्स्ट, डॉक्यूमेंट या वेबसाइट का अनुवाद एक भाषा से दूसरी भाषा में किया जाए बल्कि यह भी सीखेंगे कि गूगल किस प्रकार से आपका व्यापार बढ़ाने में आपकी सहायता कर सकता है।

- योगेश पटेल

भाग 1 - गूगलपीडिया

अध्याय 1 - गूगल को जानें

- सर्च इंजिन क्या है?
- सर्च इंजिन का प्रयोग करना
- गूगलपीडिया
- गूगल क्यों?
- गूगल की महत्वपूर्ण सेवाएं

अध्याय 2 - गूगल को खोजें

- गूगल सर्च
- गूगल के होमपेज को जानें
- गूगल में सर्च करें
- एडवान्स्ड सर्चिंग
- गूगल डायरेक्टरी का प्रयोग करें

अध्याय 1 – गूगल को जानें

सर्च इंजिन क्या है? (What is Search Engine?)

हम सभी यह बात जानते हैं कि वर्ल्ड वाइड वेब एक ऐसे विशाल पुस्तकालय की तरह है, जिसमें वेबसाइट रूपी लाखों पुस्तकें और वेब पेज रूपी करोड़ों पन्ने हैं। अब प्रश्न उठता है कि यदि आपको ऐसे ही किसी पुस्तकालय से किसी विषय के बारे में सूचना एकत्रित करनी हो, तो आप क्या करेंगे? यदि मुझसे यह पूछा जाए, तो मैं यह कहूंगा कि मैं लाइब्रेरियन की सहायता से यह पता लगाने की कोशिश करूंगा कि वह सूचना मुझे किन किताबों में मिल सकती है। ठीक यही कार्य इंटरनेट पर सर्च इंजिन करते हैं। सर्च इंजिन या वेब सर्च इंजिन्स को विशेष रूप से इंटरनेट में विभिन्न घटकों को खोजने और उनके लिंक्स को प्रदर्शित करने के लिये डिजाइन किया गया है।

वास्तव में, सर्च इंजिन इन्टरनेट में उपलब्ध उन वेबसाइट्स को कहा जाता है, जिनका प्रयोग वर्ल्ड वाइड वेब पर किसी सूचना को खोजने के लिये किया जाता है। किसी सर्च इंजिन का प्रयोग करके आप किसी वेब साइट्स को न केवल तब खोज सकते हैं जबकि आप उस वेबसाइट का डोमेन नेम जानते हों बल्कि आप किसी वेबसाइट को तब भी खोज सकते हैं जब आप केवल यह जानते हो कि उस वेबसाइट में क्या दिया गया है। उदाहरण के लिये, मान लीजिये कि आप पुस्तक महल पब्लिकेशन की वेबसाइट

खोलना चाहते हैं लेकिन आप केवल पब्लिकेशन का नाम जानते हैं न कि उसकी वेबसाइट का डोमेन नेम तो सर्च इंजिन में केवल 'Pustak Mahal' टाइप करके आप इस कम्पनी की वेबसाइट को खोल सकते हैं।

क्या आप जानते हैं? गूगल शब्द ही उत्पत्ति "Googol" शब्द से हुई है, जिसका अर्थ है एक के साथ सौ शून्य।

सर्च इंजिन का प्रयोग करना (Using Search Engines)

जैसा कि आप जानते हैं कि सर्च इंजिन्स का प्रयोग करके आप वर्ल्ड वाइड वेब की किसी भी वेबसाइट को ओपन कर सकते हैं, भले ही आप उस वेबसाइट का डोमेन नेम न जानते हो। लेकिन सर्च इंजिन्स का प्रयोग करने में भी समस्या उत्पन्न होती है और वह यह है कि किसी भी एक विषय पर कई वेबसाइट्स हो सक़ती हैं। उदाहरण के लिये, यदि आप गाने डाउनलोड करना चाहते हैं तो हो सकता है कि जब आप सर्च इंजिन में 'songs' टाइप करें तो आपको ऐसी हजारों वेबसाइट्स के लिंक प्राप्त हों जिनसे गाने डाउनलोड किये या सुने जा सकते हो।

सर्च इंजिन का प्रयोग करते समय आप दो तरीकों से घटकों को खोज सकते हैं:

- ✓ कीवर्ड के द्वारा (By Keyword)
- ✓ डायरेक्ट्री के द्वारा (By Directory)

कीवर्ड के द्वारा (By Keyword): कुछ सर्च इंजिन्स में डाटा को खोजने के लिये आपको केवल डाटा से संबंधित केवल एक या एक से अधिक शब्द टाइप करना पड़ता है। इस शब्द को कीवर्ड कहते हैं।

इन कीवर्ड्स का प्रयोग करने पर सर्च इंजिन संपूर्ण वर्ल्ड वाइड वेब में उस कीवर्ड को खोजता है तथा उससे संबंधित परिणाम आपको प्रदान करता है। उदाहरण के लिये, यदि आप कोई ऐसी वेबसाइट खोजना चाहते हैं, जिसमें "Satna and Rewa" हो तो यह कार्य आप केवल Satna and Rewa टाइप करके कर सकते है। ऐसा करने पर सर्च इंजिन उन सभी वेबपेज की लिंक प्रदर्शित करेगा, जिसमें Satna, and Rewa उपस्थित है।

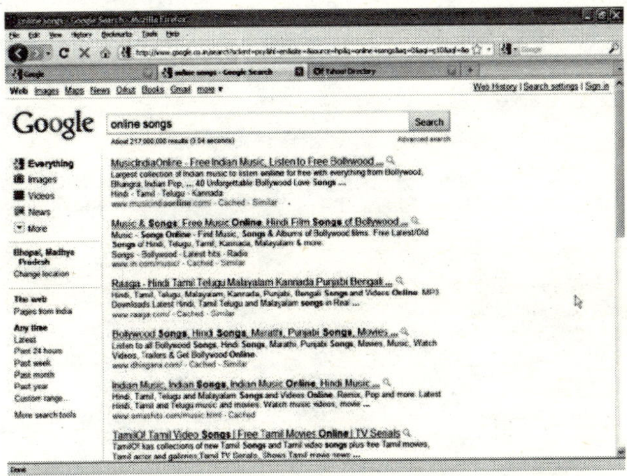

चित्र 1.1: कीवर्ड का प्रयोग करके गूगल वेब सर्चिंग

डायरेक्ट्री के द्वारा (By Directory): कई बार वेबसाइट्स को खोजने के लिये केवल कीवर्ड्स पर्याप्त नहीं होता है। उदाहरण के लिये, यदि आप सर्च इंजिन का प्रयोग करके किसी चित्र को खोजना चाहते हैं, तो यह कार्य केवल कीवर्ड के द्वारा संभव नहीं हो सकता है। ऐसी स्थिति में वेब डायरेक्ट्रीज़ आपकी सहायता करती हैं। वेब डायरेक्ट्रीज़ वे सर्च इंजिन्स होते हैं, जो वर्ल्ड वाइड वेब में उपस्थित वेब साइट्स को अलग-अलग वर्गों में विभाजित

कर देते हैं, जिनमें से उपयुक्त लिंक को यूजर स्वयं खोजता है। उदाहरण के लिये, याहू एक ऐसा ही सर्च इंजिन है, जिसमें आपको कई प्रकार की डायरेक्ट्री प्राप्त होंगी, जैसे, yahoo answer, dainik jagran, finance, horoscope आदि। इन सभी डायरेक्ट्रीज़ में से आप उपयुक्त डायरेक्ट्री पर क्लिक करके उस लिंक को खोज सकते हैं, जिसे आप खोलना चाहते हैं।

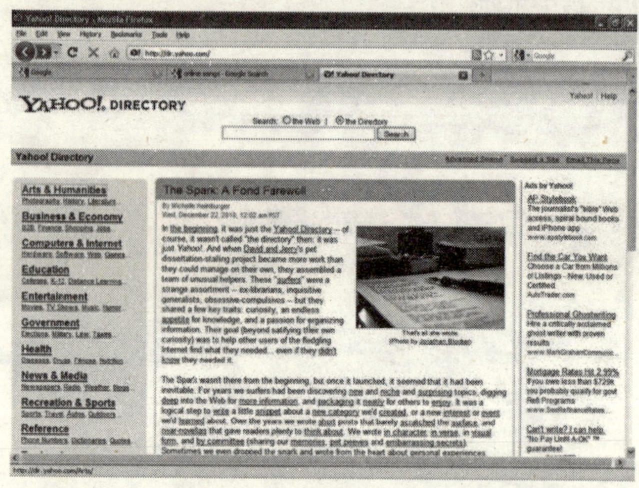

चित्र 1.2: डायरेक्ट्री का प्रयोग करके याहू वेब सर्चिंग

गूगलपीडिया (GooglePedia)

इंटरनेट से विश्व का शायद ही ऐसा कोई व्यक्ति हो, जो गूगल से परिचित न हो। और परिचित होना भी स्वाभाविक है आखिर यह दुनिया में सबसे ज्यादा उपयोग किया जाने वाला सर्च इंजिन जो है। पिछले दो दशकों में इंटरनेट जितनी तेजी के साथ विकसित हुआ है, उतनी तेजी से शायद ही कोई अन्य कम्प्यूटर तकनीक हुई होगी। और इसकी विकास की गति को बढ़ाने में गूगल ने इसकी काफी सहायता की है।

सन् 1998 में स्टैनफोर्ड यूनिवर्सिटी के दो डॉक्टरेट छात्रों लैरी पेज और सर्जी ब्रिन द्वारा विकसित की गई यह वेबसाइट एक सर्च इंजिन है, जो आज करीब 100 करोड़ से भी ज्यादा वेब पेजों को खोजने की प्रक्रिया के लिए पूरी दुनिया में फैले अपने डाटा केन्द्रों में दस लाख से ज्यादा सर्वरों का संचालन करता है।

गूगल की परिकल्पना सामान्यत: एक सर्च इंजिन के रूप में ही की जाती है क्योंकि गूगल सर्च इंजिन कंपनी की प्रथम और सबसे ज्यादा चर्चित सेवा है।

गूगल क्यों? (Why Google?)

यह सवाल भले ही कुछ अटपटा है लेकिन उन लोगों के लिए पूर्णत: उपयुक्त है, जो गूगल को केवल एक सर्च इंजिन या ई-मेल प्रदाता के रूप में जानते हैं। लेकिन असल में गूगल इन सबसे काफी बढ़कर है। यह कई प्रकार की तकनीकों का एक समूह है जो अपने यूजर्स को वे सभी सुविधाएं मुहैया कराता है जो वे चाहते हैं। फिर चाहे वह कुछ सर्च करना हो या फिर कोई वीडियो देखना, समाचार प्राप्त करना हो या फिर किसी डाटा का अनुवादन एक भाषा से दूसरी में करना।

- गूगल आपको कीवर्ड के द्वारा और डायरेक्ट्री दोनों ही प्रकारों से सर्च करने की आजादी प्रदान करता है।
- गूगल में आप अपनी खोज को अलग-अलग वर्गों में विभाजित कर सकते हैं अर्थात् यदि आप किसी वेबपेज के स्थान पर चित्र को खोज रहे हैं तो आप वेब के स्थान पर इमेज का प्रयोग कर सकते हैं, वीडियो खोजने के लिए गूगल वीडियो का प्रयोग कर सकते हैं या फिर गूगल म्यूजिक के द्वारा म्यूजिक एल्बम्स को खोज सकते हैं।

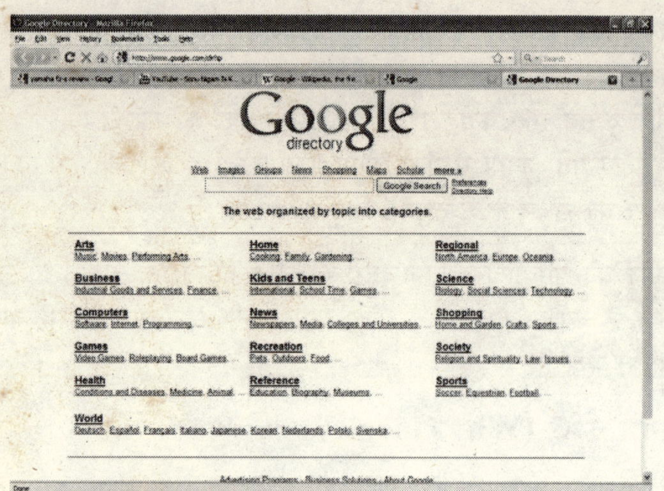

चित्र 1.3:

- गूगल अपनी एडवरटाइजिंग कम्पनी के द्वारा इन्टरनेट यूजर्स को पैसे कमाने का और अपने व्यापार को बढ़ाने का मौका प्रदान करता है।
- ऑफिस सुइट की तर्ज पर गूगल अपने गूगल डॉक्स के द्वारा ऑनलाइन वर्ड प्रोसेसर, स्प्रेडशीट और प्रेजेंटेशन प्रोग्राम प्रदान करता है।
- गूगल के नया इंटरफेस आइगूगल सर्च इंजिन के साथ ही साथ आपको कई उन्नत एप्लीकेशन प्रदान करता है, जैसे बिल्ट इन जीमेल सपोर्ट, न्यूज, कम्यूनिकेशन, गेम्स, स्पोर्ट्स, टेक्नोलॉजी आदि।
- ब्लॉगर डॉट कॉम के द्वारा गूगल अपने यूजर्स को ब्लॉग्स बनाने की सुविधा भी प्रदान करता है।
- यदि आप टीवी के पास नहीं है और हाल ही हुई महत्वपूर्ण घटनाओं के बारे में समाचार प्राप्त करना चाहते हैं, तो गूगल

न्यूज यह कार्य आपके लिए आसानी से कर सकता है। गूगल न्यूज कई भाषाओं में प्रमुख समाचार, विश्व, भारत, व्यवसाय, मनोरंजन आदि से संबंधित समाचार प्रदान करता है।

- गूगल अपने गूगल फायनेंस एप्लीकेशन के जरिए स्टॉक मार्केट के त्वरित अपडेट्स प्रदान करता है।
- गूगल मैप, अर्थ, मार्स, मून और स्काई जैसे एप्लीकेशन्स के द्वारा आप पृथ्वी की लोकेशन्स की जानकारियां तो प्राप्त कर ही सकते हैं, साथ ही साथ मंगल, चंद्रमा और नासा के सेटेलाइट्स द्वारा ली गई अंतरिक्ष की तस्वीरों को भी देख सकते हैं।

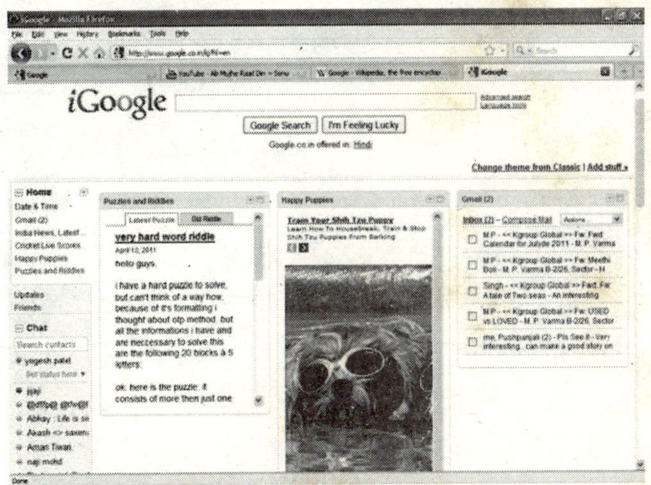

चित्र 1.4:

- यदि आप पुस्तकों के शौकीन हैं, तो गूगल बुक आपके इस शौक को पूरा करता है। गूगल बुक के जरिए न केवल आधुनिक पुस्तकें और पत्रिकाएं पढ़ सकते हैं बल्कि

उन्नीसवीं सदी के प्रमुख जर्नल्स पढ़कर उस समय की महत्वपूर्ण खोजों के बारे में भी जान सकते हैं।

चित्र 1.5:

- विन्डोज विस्टा के साइड बार की तर्ज पर गूगल भी अपने यूजर्स को गूगल डेस्कटॉप प्रदान करता है, जिसके द्वारा आप अपने डेस्कटॉप पर ही गूगल सर्च इंजिन, मौसम का हाल, प्रमुख समाचार, यूट्यूब फीचर्ड वीडियो, एनालॉग क्लॉक आदि प्राप्त कर सकते हैं।

गूगल की महत्वपूर्ण सेवाएं (Important Services of Google)

गूगल अपने यूजर्स को विभिन्न उत्पादों की एक वृहद श्रृंखला प्रदान करता है। आप गूगल की निम्न सेवाओं का प्रयोग कर सकते हैं:

✓ गूगल क्रोम: गूगल कार्पोरेशन का वेब ब्राउजर।

✓ जीमेल: गूगल की ई-मेल सर्विस।

- ✓ गूगल डेस्कटॉप: डेस्कटॉप गैजेट्स एप्लीकेशन जो आपको आपके कम्प्यूटर पर कई गैजेट्स प्रदान करता है।
- ✓ गूगल अर्थ: एक वर्चुअल ग्लोब प्रोग्राम।
- ✓ गूगल टूलबार: इंटरनेट एक्सप्लोरर और मोज़िला फायरफॉक्स के लिये विकसित गूगल का ब्राउजर टूलबार, जो इंस्टेंट सर्चिंग जैसी सुविधाएं प्रदान करता है।
- ✓ गूगल पिकासा: गूगल की फोटो शेयरिंग सर्विस।
- ✓ गूगल टॉक: गूगल का चैटिंग सॉफ्टवेयर।
- ✓ गूगल स्केचअप: साधारण 3 डी मॉडलों का निर्माण करने के लिये एक मॉडलिंग एप्लीकेशन।
- ✓ ऑर्कुट: गूगल की सोशल नेटवर्किंग सेवा।
- ✓ गूगल इमेज: इमेज सर्च इंजिन।
- ✓ गूगल वीडियो: वीडियो सर्च इंजिन।
- ✓ गूगल न्यूज: गूगल की समाचार प्रदाता सर्विस, जो विभिन्न समाचार वेबसाइट्स से सर्च कर समाचारों को वर्गीकृत करता है।
- ✓ गूगल बुक्स: गूगल का बुक सर्च इंजिन, जिसके माध्यम से आप कई महत्वपूर्ण पुस्तकों को ऑनलाइन पढ़ सकते हैं।
- ✓ गूगल ट्राँसलेट: एक भाषा के टैक्स्ट को दूसरी भाषा में अनुवादित करने के लिए गूगल की ट्राँसलेशन सर्विस।
- ✓ यूट्यूब: वीडियो शेयरिंग सर्विस।
- ✓ गूगल म्यूजिक: म्यूजिक सर्च इंजिन।

- ✓ गूगल ऐडसेंस: वेबसाइट्स के स्वामियों के लिये विज्ञापन प्रोग्राम, जिसके द्वारा आप गूगल के विज्ञापनों को अपनी वेबसाइट में प्रकाशित कर सकते हैं।
- ✓ गूगल एडवर्ड्स: गूगल की आय का मुख्य साधन। इस प्रोग्राम के द्वारा कोई भी वेबसाइट स्वामी अपनी वेबसाइट का प्रचार करा सकता है।
- ✓ ब्लॉगर: ब्लागिंग वेबसाइट, जिसका प्रयोग करके आप अपने ब्लॉग का निर्माण कर सकते हैं।
- ✓ गूगल कैलेंडर: ऑनलाइन कैलेंडर प्रबंधन सर्विस।
- ✓ पिकनिक डॉट कॉम: ऑनलाइन फोटो एडिटिंग प्रोग्राम।
- ✓ गूगल फायनेंस: गूगल की फायनेंस सर्विस, जो यूएस के व्यापार संबंधी समाचार, सुझाव, मत आदि को खोजने में सहायता करती है।

अध्याय 2 – गूगल को खोजें

गूगल सर्च (Google Search)

इंटरनेट एक दुनिया है और गूगल एक मार्गदर्शक। जिस प्रकार हमारी दुनिया में हमारे मार्गदर्शक हमें मार्ग दिखाने का काम करते हैं, उसी प्रकार से गूगल काम करता है हमें हमारी मंजिल तक पहुंचाने का। गूगल जितनी भी सेवाएं प्रदान करता है, उनमें जितना प्रसिद्ध इसका सर्च इंजिन है उतना कोई भी अन्य उत्पाद नहीं है। यह बात जानकर शायद आपको आश्चर्य हो, विश्व के कुल इंटरनेट यूजर्स में से लगभग 91 प्रतिशत यूजर्स सर्च इंजिन के रूप में गूगल को प्राथमिकता देते हैं।

कई बार लोग यह सोचते हैं कि आखिर वह कारण क्या है कि गूगल अन्य सर्च इंजिन्स की तुलना में इतना प्रसिद्ध है। इसका कारण है, इसका बिल्कुल सरल और स्पष्ट इंटरफेस जिसके कारण से इसे प्रयोग करना बिल्कुल सरल है। एक सरल इंटरफेस के अतिरिक्त यह एक शक्तिशाली सर्चिंग भी प्रदान करता है, जो यूजर्स की सभी दुविधाओं का निराकरण पूर्णत: संशोधन के बाद ही करता है।

गूगल के होमपेज को जाने (Know about Google Homepage)

गूगल का होमपेज सर्च इंजिन्स का एक आदर्श उदाहरण है। इसलिए गूगल के बारे में और कुछ जानने से पहले बेहतर होगा कि हम गूगल सर्च इंजिन के बारे में जान लें।

भारत में आप मुख्य रूप से गूगल सर्च इंजिन का प्रयोग दो प्रकार से करते हैं। पहला प्रकार है गूगल सर्च इंजिन का मुख्य पेज और दूसरा प्रकार गूगल का भारतीय पेज। अब आप सोच रहे होंगे कि दोनों में आखिर अंतर क्या है। अंतर काफी मामूली सा है। गूगल सर्च इंजिन का मुख्य पेज सभी देशों के लिए समान होता है यानि इस पेज में प्रदर्शित किये जाने वाले एप्लीकेशन्स सभी देशों के लिए समान होते हैं। इसके विपरीत गूगल के भारतीय पेज का विकास विशेष रूप से भारत के लिए किया गया है, जिसमें भारत के विशेष रूप से विकसित किये गए फीचर्स के अतिरिक्त अन्य भारतीय भाषाओं का भी समर्थन किया गया है, जैसे कि हिन्दी, मराठी, पंजाबी, गुजराती, तमिल आदि।

गूगल पेज के भारतीय संस्करण में आपको मुख्य रूप से निम्न घटक प्राप्त होंगे:

1. गूगल लोगो: गूगल का लोगो इस बात का सूचक है कि आप कौन सा गूगल पेज देख रहे हैं। उदाहरण के लिए, यदि आप गूगल डॉट कॉम देख पर हैं, तो आपको साधारण गूगल लोगो दिखाई देगा। यदि आप किसी देश विशेष के गूगल पेज पर हैं, तो आपको गूगल लोगो के साथ ही उस देश का नाम भी दिखाई देगा। उदाहरण के लिए, गूगल भारत में भारत और गूगल पाकिस्तान में पाकिस्तान प्रदर्शित होगा।
2. अन्य लिंक: पेज में बांई ओर ऊपर की तरफ आपको गूगल की अन्य सर्विसेस की लिंक्स दिखाई देंगी, जैसे कि इमेज, मैप्स, न्यूज, ऑर्कुट, जीमेल आदि।
3. सेटिंग्स: पेज में ऊपर की ओर दांई तरफ आपको मुख्य तौर पर तीन लिंक दिखाई देंगी। पहली लिंक होगी "iGoogle"

की जो गूगल का नवीनतम इंटरफेस है, जिसमें आपको गूगल सर्च इंजिन के साथ ही अन्य भी कई फीचर्स प्राप्त होंगे। "Settings" लिंक के द्वारा आप अपनी सर्च सेटिंग्स या गूगल अकाउंट सेटिंग्स में परिवर्तन कर सकते हैं। तीसरा विकल्प है "Sign in" जिसका प्रयोग अपने गूगल अकाउंट में साइन-इन करने के लिए किया जाता है। लेकिन यदि आप पहले से ही साइन-इन हैं तो इसके स्थान पर "Sign-Out" दिखाई देगा।

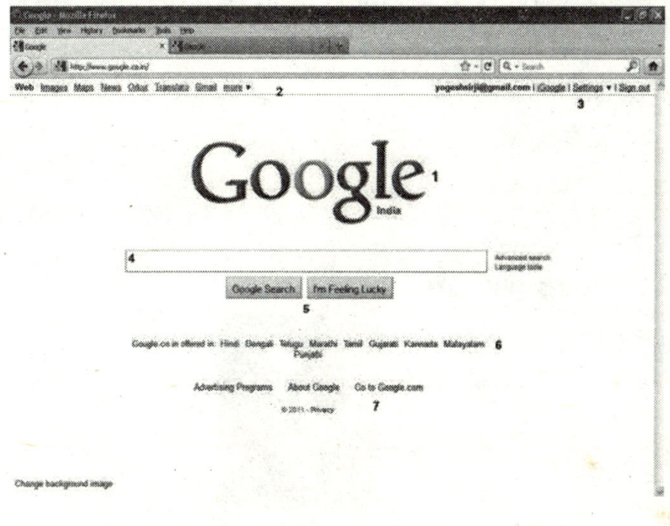

चित्र 2.1:

4. टैक्स्ट बॉक्सः इस टैक्स्ट बॉक्स में आप वह टैक्स्ट प्रविष्ट कर सकते हैं, जिसके अनुसार आप कोई वेबसाइट खोजना चाहते हैं।

5. सबमिट लिंक: टैक्स्ट बॉक्स में अपनी क्वेरी टाइप करने के बाद आप वैसे तो सीधे "Enter" कुंजी भी दबा सकते हैं लेकिन गूगल आपको दो प्रकार की सबमिट लिंक भी प्रदान करता है। पहली लिंक है "Google Search" जिस पर क्लिक करते ही आपकी क्वेरी के अनुसार गूगल परिणाम प्रदर्शित करने लगेगा। दूसरी लिंक "I'm Feeling Lucky" पर क्लिक करने पर गूगल प्रथम संभावित परिणाम को ओपन कर देगा।

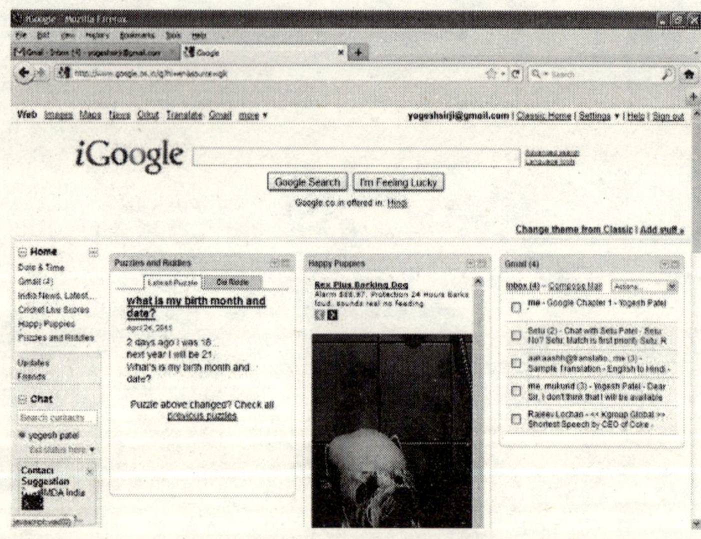

चित्र 2.2: आईगूगल

6. भाषा लिंक: सबमिट लिंक के ठीक नीचे भाषा लिंक्स प्रदर्शित होती हैं, जिन पर क्लिक करके उस भाषा में कंटेंट्स को खोज

सकते हैं। उदाहरण के लिए, यदि आप 'ताज महल' के बारे में उन वेब पेजों को खोजना चाहते हैं, जिनमें इसकी जानकारी हिंदी में हो, तो "taj" टाइप कीजिए। ऐसा करते ही संभावित क्वेरीज़ में 'ताजमहल' भी दिखाई देने लगेगा। अब इसका चयन करने पर आपके समक्ष इस क्वेरीज से संबंधित सभी संभावित लिंक्स प्रदर्शित होने लगेंगे।

7. गूगल डॉट कॉमः यदि आप गूगल भारत से गूगल डॉट कॉम पर जाना चाहते हैं, तो "Go to Google.com पर क्लिक कीजिए। इनके अतिरिक्त भी आपको "Advertising Programs" और "About Google" लिंक्स मिलेंगी, जिनके द्वारा आप क्रमशः गूगल के विज्ञापन प्रोग्राम्स और गूगल के बारे में जान सकते हैं।

गूगल में सर्च करें (Google Searching)

गूगल में किसी भी क्वेरी को खोजना इतना सरल है कि कोई ऐसा यूजर भी इसका प्रयोग कर सकता है, जिसने पहले कभी भी इंटरनेट का प्रयोग न किया हो। अपनी समस्याओं को दूर करने और प्रश्नों का उत्तर पाने के लिए निम्न प्रकार से गूगल की सहायता लीजिएः

1. सबसे पहले तो अपना वेब ब्राउजर ओपन कीजिए और यदि आप गूगल भारत पर जाना चाहते हैं, तो "www.google.co.in" टाइप कीजिए। यहां पर "in" का अर्थ है इंडिया।
2. अब ओपन गूगल पेज में अपनी क्वेरी का टैक्स्ट प्रविष्ट कीजिए और इंटर कुंजी दबाइए। मान लीजिए कि आपने "Taj Mahal" प्रविष्ट किया है।

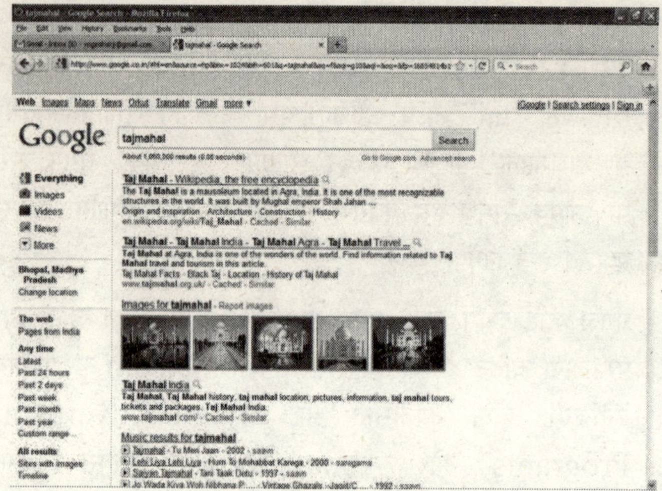

चित्र 2.3:

3. ऐसा करते ही गूगल सर्वर चित्रानुसार सभी संभावित लिंक्स ओपन कर देगा। इस पेज में वेब लिंक्स के अतिरिक्त इमेज और अन्य महत्वपूर्ण लिंक्स भी प्रदर्शित हो सकती हैं, जैसे कि वीडियो, म्यूजिक, न्यूज आदि।

4. पेज की बांई ओर आपको एक सूची दिखाई देगी, जिनमें उपलब्ध विकल्पों का प्रयोग अपने रिजल्ट को फिल्टर करने के लिए कर सकते हैं। इसमें आप निम्न कार्य कर सकते हैं:

   a. आप यह चयनित कर सकते हैं, कि गूगल संपूर्ण वर्ल्ड वाइड वेब में उपलब्ध ताजमहल से संबंधित पेज लिंक प्रदर्शित करे या फिर केवल वे लिंक जो भारत से हैं। इस कार्य के लिए आप क्रमशः "The Web" या "Pages from India" पर क्लिक कर सकते हैं।

   b. आप यह भी फिल्टर कर सकते हैं कि आप जिस पेज को खोजना चाहते हैं, उसका निर्माण किस दौरान किया

गया हो। उदाहरण के लिए, यदि आप चाहते हैं कि पेज का निर्माण हाल ही में किया गया हो, तो “Latest” पर क्लिक कीजिए। पिछले 24 घंटे के लिए “Past 24 Hours”, पिछले सप्ताह, माह या वर्ष के लिए क्रमशः “Past week”, “Past month” या “Past year” पर क्लिक कीजिए। अगर आप किसी निश्चित समयांतराल के बीच के परिणाम को खोजना चाहते हैं, तो “Custom range” पर क्लिक करके दोनों दिनांकों को निर्दिष्ट कीजिए। जैसे, यदि आप चाहते हैं कि गूगल मात्र उन पेजों को ही प्रदर्शित करे, जिनका निर्माण 1 अप्रैल 2010 से 30 अप्रैल 2010 किया गया हो, तो इसका प्रयोग करके आप ऐसा कर सकते हैं।

c. अतिरिक्त विकल्प: उपरोक्त विकल्पों के अलावा भी गूगल हमारी सर्चिंग को और भी सरल बनाने के लिए कुछ अतिरिक्त विकल्प भी प्रदान करता हैं, ताकि हमें इच्छित वेबपेज खोजने में किसी भी समस्या का सामना न करना पड़े। इस सूची में “More search tools” पर क्लिक करने पर आपको निम्न विकल्प भी दिखाई देंगे:

i. Sites with images: इस विकल्प पर क्लिक करने पर गूगल केवल वे लिंक्स प्रदर्शित करेगा, जिनमें चित्र भी उपलब्ध है।

ii. Timeline: टाइमलाइन से तात्पर्य है कोई समय रेखा। इस टूल का चयन करने पर गूगल वर्ष के अनुसार सर्च को फिल्टर कर देता है। उदाहरण के लिए, यदि आप ताजमहल के बारे में सूचना खोज रहे हैं, तो सबसे ऊपर एक टाइमलाइन प्रदर्शित होगी। इस टाइमलाइन में यह चयनित कर सकते हैं कि आप किस समय कि खबर को

देखना चाहते हैं। यानि मान लीजिए कि आपने टाइमलाइन में 1500-1600 एडी का चयन किया, तो गूगल केवल वे लिंक ही प्रदर्शित करेगा, जिनमें ताजमहल के सन् 1500 से 1600 के बीच के तथ्य उपस्थित हों।

iii. Visited pages: इस टूल का चयन करने पर गूगल वे पेज प्रदर्शित करेगा, जो आप पहले से देख चुके हैं।

iv. Not yet visited: इस टूल का चयन करने पर गूगल वे पेज प्रदर्शित करेगा, जिन्हें आपने अभी तक नहीं देखा है।

v. Dictionary: शब्दकोश ओपन हो जाएगा।

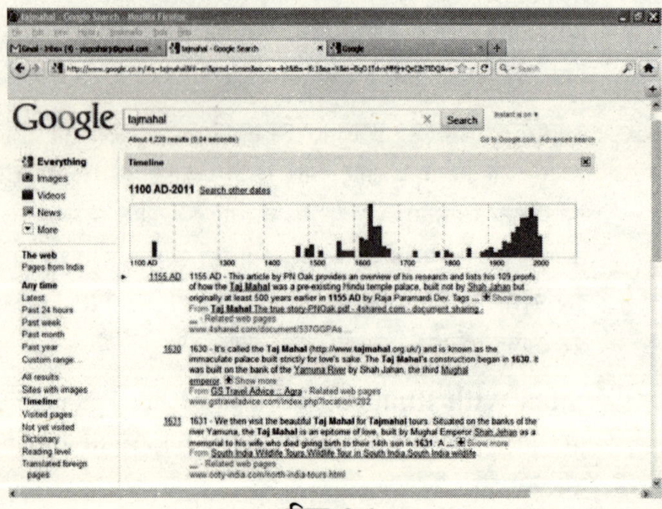

चित्र 2.4:

vi. Reading Level: यह टूल्स पेज की सर्चिंग को तीन स्तरों में विभाजित कर देता है, बेसिक, मीडियम और एडवांस्ड। बेसिक से तात्पर्य ऐसे पेजों से है जिनमें खोजे जा रहे घटक के बारे में केवल आधारभूत बातें ही हों तथा एडवान्स्ड से तात्पर्य पूर्णतः शोधित सूचनाओं वाले पेजों से हैं।

vii. Translated foreign pages: इस टूल का प्रयोग करके आप क्वेरी को किसी अन्य अनुवादित भाषा में भी फिल्टर कर सकते हैं।

5. यदि आप पूरी सर्चिंग को रीसेट करना चाहते हैं, तो "Reset tools" पर क्लिक कीजिए।
6. सभी सेटिंग्स पूरी हो जाने के बाद आपको आप जिस भी वेबपेज को ओपन करना चाहते हैं, उसपर क्लिक़ कीजिए।

एडवान्स्ड सर्चिंग (Advanced Searching)

अबतक आपने पढ़ा कि आप किस प्रकार से गूगल में कोई क्वेरी खोज सकते हैं, लेकिन सामान्य सर्चिंग के अतिरिक्त आप कुछ उन्नत सर्चिंग टूल्स का भी प्रयोग कर सकते हैं। गूगल की एडवान्स्ड सर्च सेटिंग्स का प्रयोग करने के लिए निम्न चरणों का अनुसरण कीजिए:

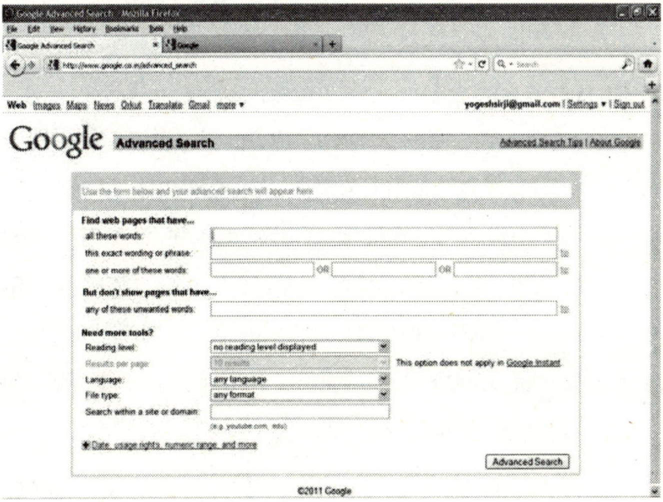

चित्र 2.5:

1. सबसे पहले गूगल होमपेज को ओपन कीजिए। अब सर्च टैक्स्ट बॉक्स की दांई ओर स्थित "Advanced search" पर क्लिक कीजिए।

2. ऐसा करते ही चित्रानुसार गूगल का एडवान्स्ड सर्च विकल्प ओपन हो जाएगा।

3. इस पेज में आपको निम्न टूल्स प्राप्त होंगे:

   a. All these words: इस टैक्स्ट बॉक्स में आप यह निर्दिष्ट कर सकते हैं कि गूगल किन-किन शब्दों के अनुसार पेज की सर्चिंग करे। उदाहरण के लिए, यदि आपने इसमें ताज महल और दिल्ली टाइप किया है, तो गूगल केवल वे पेज ही खोजेगा जिनमें ताज महल और दिल्ली शब्द उपस्थित हों।

   b. This exact wording or phrase: इस टैक्स्ट बॉक्स में इच्छित वाक्य टाइप करने पर गूगल केवल वे ही पेज खोजेगा, जिनमें ये शब्द उचित क्रम में हैं।

   c. One or more of these words: इस खंड में आपको तीन टैक्स्ट बॉक्स मिलेंगे। इन टैक्स्ट बॉक्स में दिए गए शब्दों के अनुसार गूगल वे सभी वेबपेज खोजेगा, ज़िनमें निर्दिष्ट किये गये तीनों शब्दों में से कोई भी शब्द हो। उदाहरण के लिए, मान लीजिए कि आपने तीनों टैक्स्ट बॉक्सों में क्रमश: दिल्ली, पेरिस और नेहरू शब्द प्रविष्ट किये हैं, तो गूगल वे पेज भी प्रदर्शित करेगा जिनमें दिल्ली है, पेरिस है और वे भी जिनमें नेहरू उपस्थित हैं।

   d. Any of these unwanted words: इस टैक्स्ट में किसी भी शब्द को निर्दिष्ट करने का अर्थ है वे पेज

प्रदर्शित न करना जिनमें निर्दिष्ट किये गये शब्द उपस्थित है। जैसे, यदि आप ताज महल के बारे में खोज रहे हैं लेकिन यदि आपने इस टैक्स्ट बॉक्स में शाहजहां निर्दिष्ट कर दिया, तो गूगल ताज महल से संबंधित वे पेज प्रदर्शित नहीं करेगा, जिनमें शाहजहां शब्द उपस्थित हो।

e. Reading level: रीडिंग स्तर से आप यह निर्दिष्ट कर सकते हैं कि पेज बेसिक स्तर के हों या एडवान्स्ड।

f. Results per page: इस लिस्ट बॉक्स से आप यह चयन कर सकते हैं कि गूगल प्रत्येक पेज में कितने परिणाम प्रदर्शित करे।

g. Language: खोजे गए पेज किस भाषा में हों।

h. File type: गूगल किस फॉर्मेट के पेज खोजे, जैसे पीडीएफ, डॉक, पीपीटी, एक्सेल आदि।

i. Search within a site or domain: यदि आप किसी विशेष वेबसाइट में ही किसी सूचना को खोजना चाहते हैं, तो इस टैक्स्ट में उसका वेबसाइट की लिंक को कॉपी कीजिए, जैसे www.youtube.com ।

j. Date: आप निर्दिष्ट कर सकते हैं कि पेज का निर्माण कब किया गया हो। कभी भी, पिछले दिन, सप्ताह या वर्ष।

k. Usage rights: इस ड्रॉप-डाउन लिस्ट के जरिए आप सर्च को उपयोग की वैधता के आधार पर फिल्टर कर सकते हैं, अर्थात् यह निर्दिष्ट कर सकते हैं कि गूगल जो भी पेज प्रदर्शित करे, उसका प्रयोग, साझा और संशोधन करने का अधिकार आपको है या नहीं।

l. Where your keywords show up: इस लिस्ट से आप यह चयन कर सकते हैं कि आपने जो भी कीवर्ड दिया है, वह पेज में कहां पर हो। कहीं भी, पेज के टाइटल पर, टैक्स्ट पर, यूआरएल पर या फिर लिंक पर।

m. Region: इस लिस्ट से उस देश का नाम चुनिए, जिसके आधार पर आप परिणाम को खोजना चाहते हैं। यानि यदि आप इससे चीन चुनेंगे तो गूगल दिए गए कीवर्ड के केवल उन पेजों को ही प्रदर्शित करेगा, जिनका निर्माण चीन में किया गया है।

n. Numeric range: इन टैक्स्ट बॉक्सों में आप दो संख्याएं दे सकते हैं। इसके बाद गूगल दिए गए कीवर्ड के आधार पर वे पेज भी खोजेगा, जिनमें दिये गए दोनों अंकों के बीच का कोई भी अंक हो।

o. SafeSearch: सेफसर्च को ऑन करने पर गूगल कोई भी आपत्तिजनक लिंक प्रदर्शित नहीं करेगा।

4. इन सब टूल्स का आवश्यकतानुसार उपयोग करने के बाद "Advanced Search" बटन पर क्लिक कीजिए।

5. यदि किसी पेज विशिष्ट के जैसे पेज को सर्च करना है, तो "Find pages similar to the page" टैक्स्ट बॉक्स में उस पेज की लिंक को पेस्ट कीजिए।

6. यदि आपको किसी ऐसे पेज को खोजना है, जो किसी विशेष पेज से लिंक्ड हो, तो "Find pages that link to the page" में वह लिंक टाइप कीजिए और फिर "Search" पर क्लिक कीजिए।

क्या आप जानते हैं?

गूगल को रोजाना पूरी दुनिया से सर्च निवेदन प्राप्त होते हैं, अन्टार्कटिका से भी।

गूगल डायरेक्टरी का प्रयोग करें (Using Google Directory)

किसी पुस्तकालय में कोई भी पुस्तक खोजने के दो तरीके हो सकते हैं। पहला कि लाइब्रेरियन से पूछ लिया जाए और दूसरा कि पुस्तकों के वर्ग के अनुसार उनकी खोज करें अर्थात् यदि आपको सम्राट अशोक से संबंधित पुस्तक खोजनी हैं, तो पुस्तकालय के इतिहास खंड में जाकर वह स्थान देखिए जहां पर भारतीय इतिहास की पुस्तकें हैं और फिर उनमें से सम्राट अशोक से संबंधित पुस्तक का चयन कीजिए। इस विधि का एक फायदा यह है कि इस दौरान शायद आपको कोई अन्य काम की पुस्तक मिल जाए और नुकसान यह है कि हजारों पुस्तकों में से एक काम की पुस्तक को खोजने में काफी समय बर्बाद हो सकता है।

कुछ ऐसा ही काम गूगल डायरेक्टरी प्रदान करती है। गूगल डायरेक्टरी में हजारों विषयों से संबंधित खरबों वेबपेज उपस्थित हैं। अपने काम का पेज खोजते हुए आपको हो सकता है कि कई उपयोगी पेज मिल जाए, लेकिन इसमें आपका काफी समय भी बर्बाद हो सकता है।

कई यूजर्स डायरेक्टरी और सर्च इंजिन को एक ही मानते हैं क्योंकि ये दोनों ही कुछ सूचना प्रदान करते हैं, लेकिन मूलभूत रूप से दोनों में ही अंतर है। डायरेक्टरीज़ को आप सर्च इंजिन नहीं कह सकते हैं, क्योंकि किसी भी सर्च इंजिन की भांति ये आपकी क्वेरी के

अनुसार आपको परिणाम प्रदान नहीं करती हैं। कोई भी सर्च इंजिन एक ऑटोमेटेड एप्लीकेशन के द्वारा परिणाम प्रदर्शित करता है, जैसे गूगल सर्च इंजिन इस कार्य के लिए गूगलबॉट सॉफ्टवेयर का प्रयोग करता है। इसके विपरीत डायरेक्टरीज़ का निर्माण मशीनें या सॉफ्टवेयर्स न करके इंसान करते हैं। इसके अतिरिक्त सर्च इंजिन में कोई इंडेक्स नहीं होता है यानि परिणाम किसी भी क्रम में आ सकते हैं, इसके विपरीत डायरेक्टरीज़ में एक निश्चित क्रम होता है।

आप गूगल डायरेक्टरी का प्रयोग निम्न प्रकार से कर सकते हैं:

1. सबसे पहले www.google.com/dirhp पर लॉगऑन कीजिए। ओपन पेज में आपको गूगल सर्च टैक्स्ट बॉक्स के साथ ही डायरेक्टरी के सभी वर्ग भी दिखाई देंगे।

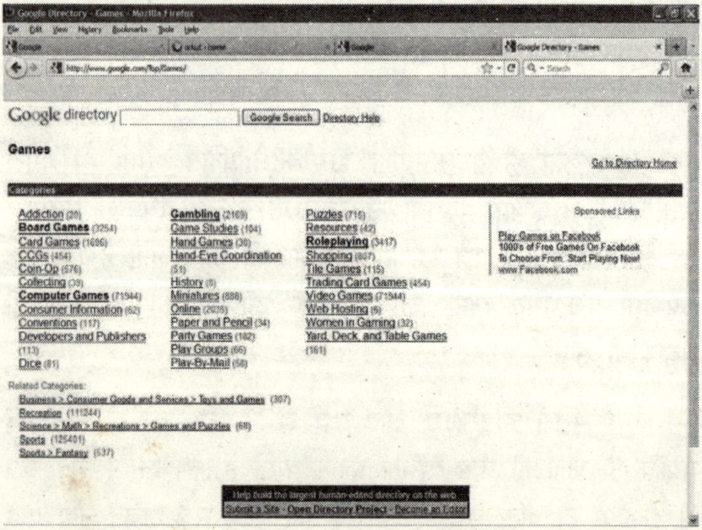

चित्र 2.7:

2. आप इनमें से जिस भी वर्ग से संबंधित घटक को खोजना चाहते हैं, उसपर क्लिक कीजिए। मान लीजिए कि आपने "Games" पर क्लिक किया है।

3. गेम्स वर्ग के अंदर जाते ही आपको कई उपवर्ग मिलेंगे। आवश्यकतानुसार उचित उपवर्ग पर क्लिक कीजिए। मान लीजिए कि आपने "Video Games" पर क्लिक किया है।

4. अब इसके अंदर भी आपको कई अन्य वर्ग मिलेंगे, जैसे कि एडवेंचर, बोर्ड गेम्स, कार्ड्स, ह्यूमर एंड जोक्स आदि। उचित वर्ग का चयन कीजिए। मान लीजिए कि आपने "Humor and Jokes" पर क्लिक किया है।

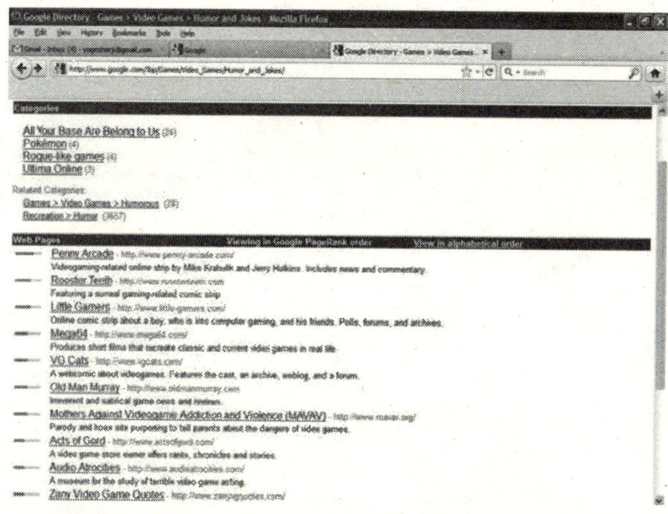

चित्र 2.8:

5. अब अगले पेज में आपको दो विकल्प प्राप्त होंगे। पहला विकल्प होगा कुछ अन्य वर्ग और दूसरे विकल्प के रूप में डायरेक्टरी कुछ पेज प्रदर्शित करेगी। यदि आप दिए गए

वेबपेजों को देखना चाहते हैं तो उनपर क्लिक कीजिए अन्यथा प्राप्त उपवर्गों पर जाइए। इन उपवर्गों पर जाते ही आपको उससे संबंधित कुछ अन्य वेब लिंक्स भी मिलेंगी, जिनपर आप क्लिक करके उस वेबपेज पर जा सकते हैं।

भाग 2 – गूगल नेटवर्किंग

अध्याय 3 – ई-मेलिंग एंड चैटिंग

- गूगल मेल
- जीमेल में अकाउंट ओपन करना
- संदेश भेजना
- संदेश देखना
- गूगल टॉक से दोस्तों से बातें करें

अध्याय 4 – सोशल नेटवर्किंग

- ऑर्कुट प्रोफाइल का निर्माण करना
- प्रोफाइल सेट करना
- दोस्तों को खोजें
- स्क्रैप भेजना
- गूगल के साथ ब्लॉगिंग
- खुद का समूह बनाए

अध्याय 3 – ई-मेलिंग एंड चैटिंग

गूगल मेल (Google Mail)

इंटरनेट से जुड़े हुए लगभग सभी व्यक्तियों के पास अपना खुद का एक ई-मेल अकाउंट होगा। गूगल भी इंटरनेट की दुनिया को खोजने के साथ ही अपने दोस्तों को संदेश भेजने और उनसे संदेशों को प्राप्त करने की सुविधा भी प्रदान करता है। गूगल यह बात अच्छी तरह से समझता था कि इंटरनेट का प्रयोग करने वाले यूजर्स को सूचनाओं और महत्वपूर्ण दस्तावेजों का आदान-प्रदान करने के लिए ई-मेल जैसे ही किसी माध्यम की आवश्यकता हो सकती है और उन्हें माध्यम उपलब्ध कराने के लिये गूगल ने सन् 2004 में अपनी ई-मेल सर्विस शुरू की जिसे नाम दिया गया 'जीमेल' अर्थात् गूगल मेल।

यद्यपि यह सिस्टम भले ही करीब 5 वर्षों तक बीटा स्टेज में रहा हो, लेकिन उसके बाद भी जीमेल ने अपने यूजर्स संख्या में जबरदस्त इजाफा किया है, जिसका सबूत है हर माह करीब उन्नीस करोड़ यूजर्स का इससे जुड़ना। इतनी बड़ी संख्या में लोगों के जुड़ने के पीछे एक महत्वपूर्ण कारण है, इसके द्वारा प्रदान की जाने वाली कई सुविधाएं।

- गूगल अपने यूजर्स को 7 जीबी तक के स्टोरेज की निःशुल्क ई-मेल सर्विस प्रदान करता है। हालांकि यदि आपको इससे भी

ज्यादा स्टोरेज की आवश्यकता है, तो आप 20 जीबी से 16 टीबी तक के स्टोरेज को भी किराए पर ले सकते हैं।

- गूगल यूजर्स को स्पाम फिल्टर की सुविधा प्रदान करता है। इस सुविधा के अंतर्गत जब कोई यूजर्र अपने ई-मेल अकाउंट के किसी मेल को स्पाम (अनचाहे ई-मेल) के रूप में चयनित करता है।

- यदि आप किसी ई-मेल को किसी लेबल के अंदर सुरक्षित करना चाहते हैं, तो यह कार्य आप ड्रैग एंड ड्रॉप तरीके से कर सकते हैं। जिस ई-मेल को लेबल के अंदर रखना चाहते हैं, बस उसपर क्लिक कीजिए और फिर माउस की बटन को दबाए हुए उसे लेबल पर ले जाकर छोड़ दीजिए।

  - जीमेल आपको अपने पीडीएफ डॉक्यूमेंट्स को सीधे देखने की सुविधा प्रदान करता है। अर्थात् कोई भी पीडीएफ डॉक्यूमेंट देखने के लिये न तो आपको हमेशा उसे डाउनलोड करने की आवश्यकता है और न ही किसी अन्य एप्लीकेशन में ओपन करने की। बस "View" लिंक पर क्लिक कीजिए और फाइल को ओपन कीजिए।

  - यदि आपके कम्प्यूटर में एडोब फ्लैश एप्लीकेशन उपलब्ध है, तो आप किसी अन्य एप्लीकेशन को इंस्टॉल किये बिना ही अपने अकाउंट के द्वारा अपने दोस्तों के साथ चैटिंग भी कर सकते हैं। यदि आप यह सोच रहे हैं कि यह चैटिंग सर्विस अन्य ई-मेल सर्विसेज़ की तरह केवल टैक्स्ट चैट की सुविधा प्रदान करते होंगे लेकिन गूगल आपको जीमेल में टैक्स्ट के साथ ही वीडियो और ऑडियो चैट की सुविधा भी प्रदान करता है।

- आप अपने जीमेल पेज को एक नया लुक देने के लिए गूगल द्वारा प्रदान की जाने वाली थीम्स का प्रयोग भी कर सकते हैं।

जीमेल में अकाउंट ओपन करना (Opening an Account in Gmail)

जीमेल में अकाउंट ओपन करना काफी सरल है। यदि आप कंपनी द्वारा निर्दिष्ट किये गये मानकों को पूर्ण कर रहे हैं, तो आप भी गूगल मेल से जुड़ सकते हैं। जीमेल में अपने अकाउंट बनाने के लिए निम्न चरणों का पूर्ण कीजिए:

1. अपना वेब ब्राउजर ओपन कीजिए और एड्रैस बार पर “www.gmail.com” टाइप कीजिए और “Enter” कुंजी दबाइए। ऐसा करते ही जीमेल लॉगइन पेज ओपन हो जाएगा।

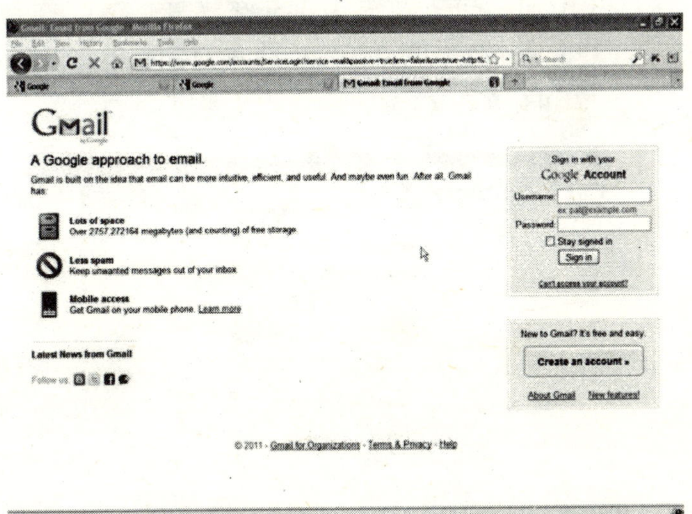

चित्र 3.1:

2. अब "Create an Account" पर क्लिक कीजिए। ऐसा करते ही फॉर्म पेज ओपन हो जाएगा। इस फॉर्म में निम्न चरणों की पूर्ति कीजिए:

   a. सबसे पहले अपना नाम और उपनाम टाइप कीजिए और अपनी ई-मेल आईडी के लिए इच्छित यूजरनेम टाइप कीजिए।

   b. अब आप अपने अकाउंट के लिए पासवर्ड टाइप कीजिए और उसे सुनिश्चित भी कीजिए। पासवर्ड को आप अपने अकाउंट की चाबी मान सकते हैं जिससे कोई भी आपका ई-मेल अकाउंट ओपन करके उसकी जानकारियां प्राप्त कर सकता है, इसलिए इसे टाइप करते समय विशेष रूप से सावधानी बरतें और हो सके तो यह किसी को न बताएं।

   c. अब सुरक्षा की दृष्टि से दिये गये प्रश्नों में से एक प्रश्न का चयन करें और फिर उसका उत्तर दें। "Recovery Email" टैक्स्ट बॉक्स में द्वितीयक ई-मेल टाइप कीजिए (यदि हो तो) ताकि जब आप अपना पासवर्ड भूल जाए, तो उसे पुनः प्राप्त कर सकें।

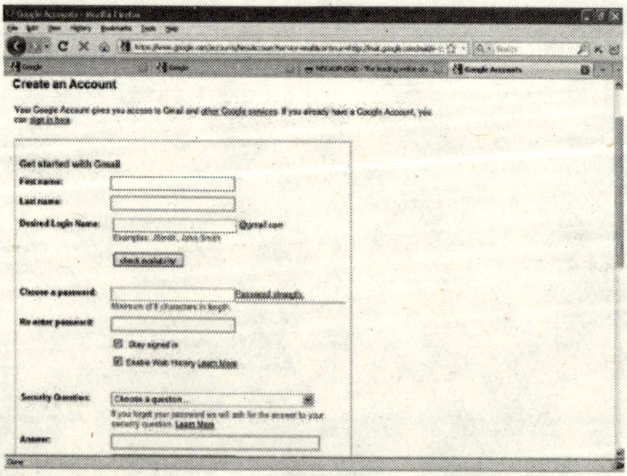

चित्र 3.2:

d. अब “Location” ड्रॉप-डाउन लिस्ट से अपने लोकेशन का चयन कीजिए। ई-मेल अकाउंट बनाने का काम कोई कम्प्यूटर या एप्लीकेशन नहीं कर रहा है, तो यह सुनिश्चित करने के लिए गूगल “Word Verification” के द्वारा सत्यापन करता है। दिखाए गये अक्षरों को दिए गए टैक्स्ट बॉक्स में टाइप कीजिए।

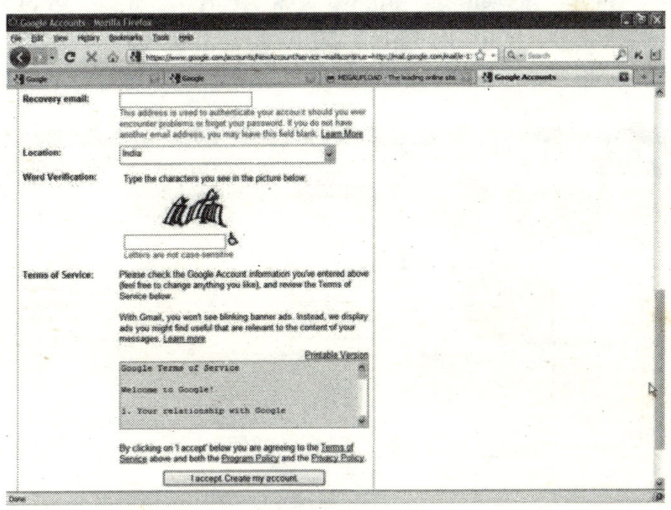

चित्र 3.3:

3. सब कुछ कर लेने के बाद “I accept create my account” बटन पर क्लिक कीजिए, जिसका अर्थ है कि आप गूगल के सभी नियमों को स्वीकार करते हैं। आपका अकाउंट निर्मित हो जाएगा।

संदेश भेजना (Sending Messages)

जीमेल में अब आपका अकाउंट निर्मित हो चुका है अर्थात् अब आप अपने ई-मेल अकाउंट से संदेश भेज भी सकते हैं और

प्राप्त भी कर सकते हैं। लेकिन ऐसा करें कैसे? चिंता करने की आवश्यकता नहीं है। गूगल अपनी ई-मेल सर्विस में एक काफी सरल इंटरफेस प्रदान करता है, जिसे समझना बिल्कुल भी कठिन नहीं है। जीमेल में कोई भी संदेश प्रेषित करना काफी सरल कार्य है। बस बताए गए कार्यों को पूरा कीजिए।

1. सबसे पहले जीमेल के लॉगइन पेज पर जाइए और अपने अकाउंट पर लॉगइन कीजिए। ऐसा करते ही आपका अकाउंट ओपन हो जाएगा। अकाउंट ओपन होते ही सबसे पहले दिखने वाला पेज इनबॉक्स होता है।

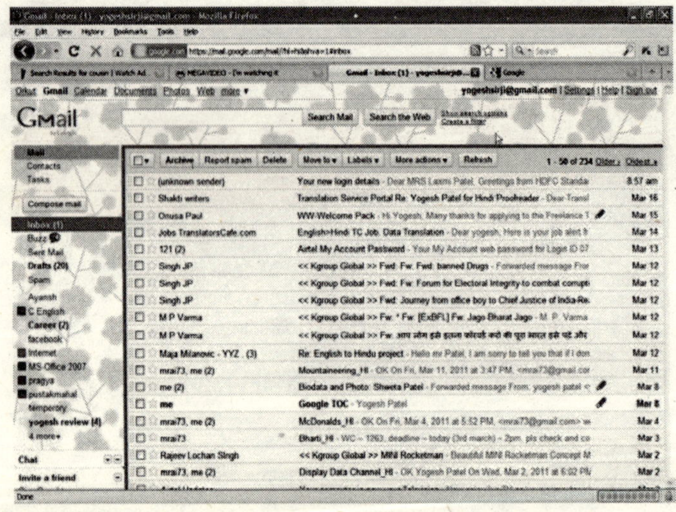

चित्र 3.4:

2. अब "compose mail" पर क्लिक कीजिए। ऐसा करते ही कम्पोज मेल पेज ओपन हो जाएगा।

3. इस पेज में आपको निम्न विकल्प प्राप्त होंगे:

   a. To: इस टैक्स्ट बॉक्स में उस व्यक्ति का ई-मेल पता टाइप कीजिए, जिसे आप संदेश भेजना चाहते हैं। यदि

आप एक साथ एक ही संदेश कई लोगों को प्रेषित करना चाहते हैं तो "Add CC" पर क्लिक कीजिए और कॉमा का प्रयोग करते हुए सभी के ई-मेल पतें टाइप कीजिए। "Add CC" का प्रयोग करने पर सभी यूजर्स के पास एक लिस्ट भी पहुंचेगी जिसके माध्यम से यूजर यह जान सकता है कि संदेश किसे-किसे भेजा गया है। यदि आप चाहते हैं कि अन्य यूजर्स को इस बारे में पता न चले, तो "Add BCC" पर क्लिक कीजिए और ई-मेल पतें टाइप कीजिए।

b. Subject: अपने संदेश का शीर्षक टाइप कीजिए, ताकि प्राप्तकर्ता को यह पता चल सके कि आपका संदेश किस विषय पर है।

c. Message: इस टैक्स्ट बॉक्स पर आप अपना संदेश टाइप कर सकते हैं।

d. Attachments: यदि आप अपने संदेश के साथ किसी इमेज, वीडिया या लिंक को भी संलग्न करना चाहते हैं, तो इस पर क्लिक कीजिए।

e. इनके साथ ही आपको कई अन्य फॉर्मेटिंग विकल्प भी प्राप्त होंगे, जैसे कि आप टाइपिंग भाषा को परिवर्तित कर सकते हैं, फॉन्ट स्टाइल, साइज और टाइप, हायपरलिंक, टैक्स्ट कलर, अलाइनमेंट आदि।

4. संदेश पूरा कर लेने के बाद "Send" पर क्लिक करके उसे प्रेषित कर दीजिए। यदि आप ई-मेल को अभी प्रेषित नहीं करना चाहते हैं, तो "Saved" पर क्लिक कीजिए। ऐसा करने पर आपका डॉक्यूमेंट ड्रॉफ्ट फोल्डर में सेव हो जाएगा जिसे आप बाद में प्रेषित कर सकते हैं।

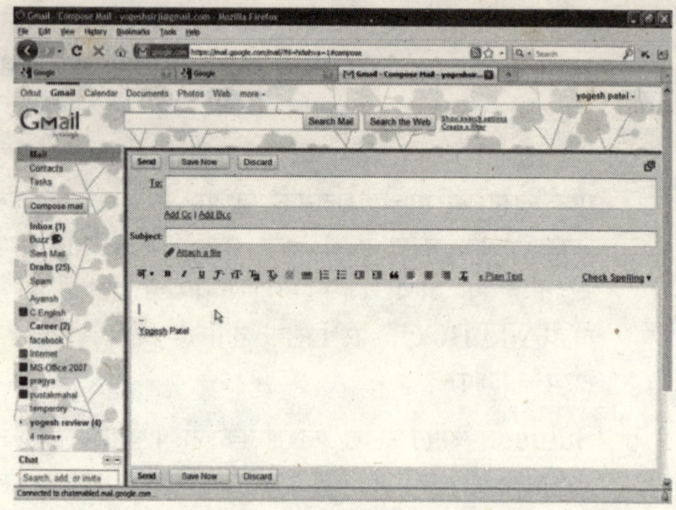

चित्र 3.5:

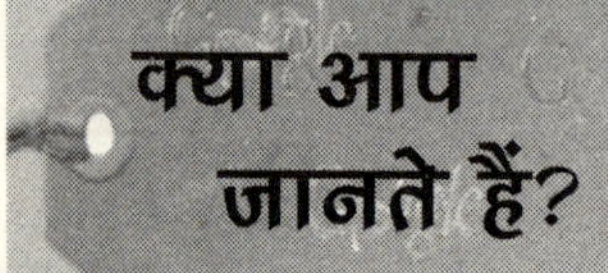

गूगल एक रिसर्च प्रोजेक्ट के रूप में स्टैन्फोर्ड के पीएचडी शोधकर्ताओं लैरी पेज और सर्जी ब्रिन द्वारा आरंभ किया गया था।

संदेश देखना (Viewing Messages)

गूगल मेल में आप काफी आसानी से केवल एक क्लिक पर ही अपने संदेश देख सकते हैं। अपने गूगल में प्राप्त हुए किसी मेल को देखने के लिए निम्न चरणों का अनुसरण कीजिए:

1. गूगल मेल के होमपेज पर जाइए और अपने अकाउंट पर लॉगइन कीजिए। डिफॉल्ट रूप से "Inbox" पेज ओपन होगा।

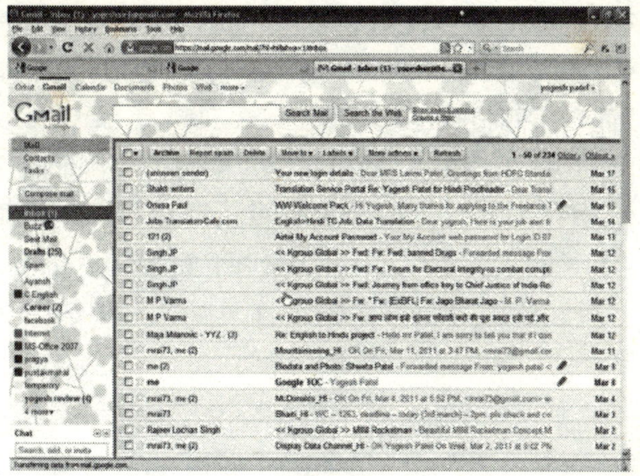

चित्र 3.6:

2. इनबॉक्स में आप जिस संदेश को पढ़ना चाहते हैं, उस पर क्लिक कीजिए। ऐसा करते ही "Messages" पेज ओपन हो जाएगा और आपको सभी संदेश दिखाई देने लगेंगे। आप जिस संदेश को पढ़ना चाहते हैं, उस पर क्लिक कीजिए।

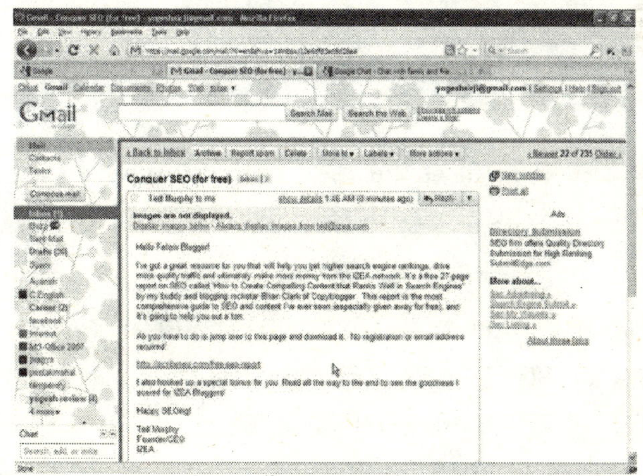

चित्र 3.7:

3. संदेश ओपन हो जाएगा। अब यदि आप संदेश के लिये स्पाम की रिपोर्ट करना चाहते हैं, तो “Report Spam” पर क्लिक कीजिए। यदि आप इसे डिलीट करना चाहते हैं, तो “Delete” पर क्लिक कीजिये। ई-मेल को लेबल फोल्डर में स्थानांतरित करने के लिए “Label” या “Move to” बटन पर क्लिक कीजिए और ओपन हुई लिस्ट से उपयुक्त लेबल का चयन कीजिए। यदि आप नए लेबल का निर्माण करना चाहते हैं तो “New Label” पर क्लिक करके भी ऐसा कर सकते हैं।

4. संदेश का रिप्लाई करने के लिये “Reply” पर क्लिक कीजिये। ऐसा करते ही “New Message” बॉक्स ओपन हो जाएगा। इस बॉक्स के “Reply” टैक्स्ट बॉक्स में अपना संदेश टाइप कीजिए। यदि आप कोई फोटो, वीडियो या कोई अन्य फाइल भी संलग्न करना चाहते हैं, तो “Attach a File” का प्रयोग कीजिए और “Reply” पर क्लिक कर दीजिए।

क्या आप जानते हैं?

जब गूगल का निर्माण किया गया था, तब पेज और ब्रिन की आयु क्रमशः 24 और 23 वर्ष थी।

गूगल टॉक से दोस्तों से बातें करें (Talking with Friends through Google Talk)

चैटिंग एक ऐसी सुविधा है, जो आपके दोस्तों को यह बताने में आपकी मदद करती है कि आप वर्तमान समय में क्या कर रहे हैं साथ ही साथ आप यह उनके साथ टैक्स्ट चैट, वॉइस चैट या वीडियो चैट के द्वारा भी कर सकते हैं। कई चैटिंग वेबसाइट्स अपने यूजर्स को ओपन चैटिंग की सुविधा प्रदान करती हैं, लेकिन ऐसी स्थिति में वे किसी के भी साथ चैट कर सकते हैं और आप चैटिंग

रिक्वेस्ट को स्वीकृत या अस्वीकृत करते-करते थक भी सकते हैं। तो फिर प्रश्न उठता है कि करें क्या? उत्तर यह है कि किसी अन्य वेबसाइट में जाने की आपको आवश्यकता ही क्या है, जब आपके लिए यह कार्य गूगल ही कर सकता है।

गूगल पृथक रूप से गूगल टॉक नामक चैटिंग एप्लीकेशन प्रदान करता है, जिसे आप अपनी इच्छानुसार डाउनलोड करके अपने कम्प्यूटर पर इंस्टॉल कर सकते हैं और फिर गूगल टॉक चैटिंग सॉफ्टवेयर की सभी सुविधाओं का प्रयोग कर सकते हैं। इसके साथ ही आप गूगल टॉक के मोबाइल संस्करण का प्रयोग ब्लैकबेरी, आइफोन, एन्ड्रॉइड आधारित सेलफोन्स में भी कर सकते हैं।

गूगल टॉक को अपने कम्प्यूटर पर इंस्टॉल करने और उसका प्रयोग करके अपने दोस्तों के साथ चैटिंग करने के लिए निम्न चरणों का अनुसरण कीजिए:

1. सबसे पहले http://www.google.com/talk पर जाएं और "Download Google Talk" बटन पर क्लिक कीजिए।

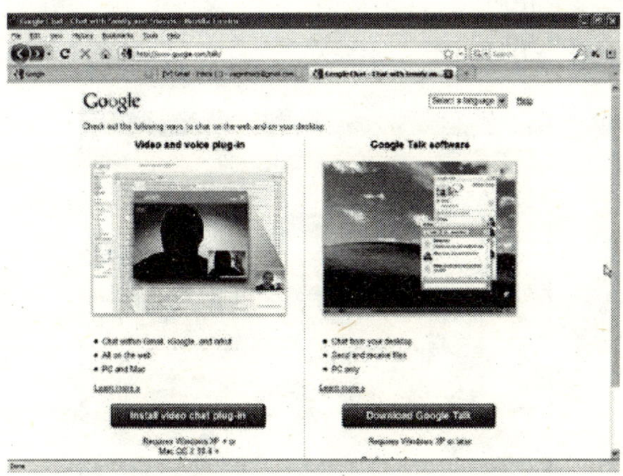

चित्र 3.8:

2. ऐसा करते ही गूगल टॉक एप्लीकेशन की डाउनलोड लिंक दिखाई देगी। इसे अपने कम्प्यूटर पर सेव कीजिए।

3. जब यह एप्लीकेशन डाउनलोड हो जाए, तो इसके आइकॉन पर डबल-क्लिक करके इंस्टॉलेशन आरंभ कीजिए। इसे क्लिक करते ही "Open File-System Warning" डायलॉग बॉक्स ओपन हो जाएगा। इसमें "Run" पर क्लिक कीजिए।

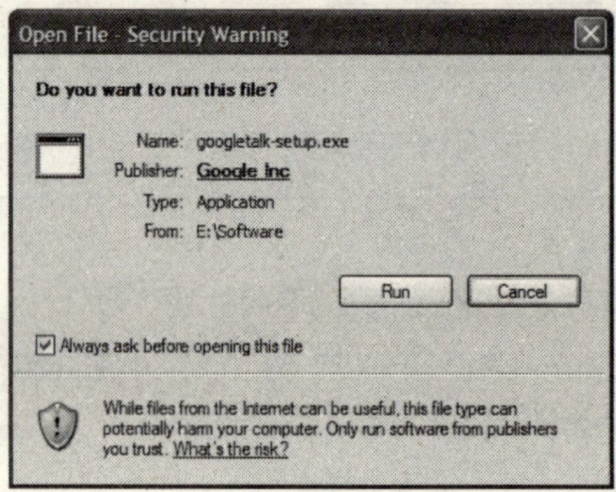

चित्र 3.9:

4. अब "License Agreement" बॉक्स में "Next" पर क्लिक कीजिए।

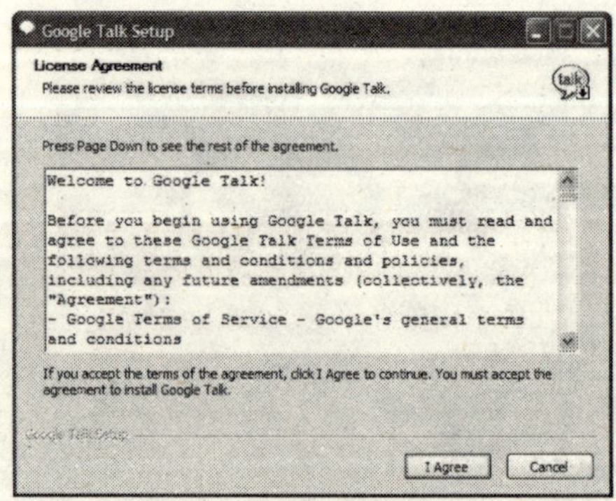

चित्र 3.10:

5. ऐसा करते ही गूगल टॉक इंस्टॉल होना आरंभ हो जाएगा।

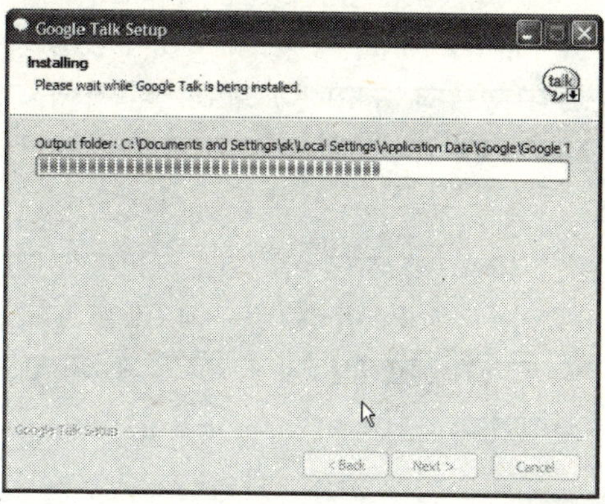

चित्र 3.11:

6. गूगल टॉक के इंस्टॉल होते ही आपको अपने कम्प्यूटर के नोटिफिकेशन क्षेत्र में गूगल टॉक आइकॉन दिखाई देने लगेगा। और गूगल टॉक साइन-इन विन्डो ओपन हो जाएगा। इस विन्डो में अपना यूजरनेम और पासवर्ड टाइप कीजिए और "Sign in" पर क्लिक कर दीजिए। ऐसा करते ही आपका अकाउंट ओपन हो जाएगा।

चित्र 3.12:

7. आपके जो भी दोस्त उस वक्त ऑनलाइन होंगे, उनके नाम के बगल से आपको हरा डॉट दिखाई देगा और जो ऑफलाइन होंगे उनके नाम के बगल से ग्रे डॉट। आप इनमें से किसी को भी इंस्टेंट मैसेज भेज सकते हैं। आपके जो दोस्त ऑफलाइन हैं वे इन संदेशों को तब प्राप्त कर सकते हैं, जब वे ऑनलाइन होंगे।
8. आप अपने जिस भी दोस्त के साथ चैटिंग करना चाहते हैं, उसके नाम पर क्लिक कीजिए। ऐसा करते ही एक अन्य विन्डो ओपन हो जाएगी। दिए गए टैक्स्ट बॉक्स में अपना संदेश टाइप कीजिये और फिर “Enter” कुंजी दबाइये।

चित्र 3.13:

हर किसी को अपने दोस्तों से बातें करना पसंद लेकिन एक वेबसाइट पर अपनी ई-मेल बनाना और फिर चैटिंग जैसी सुविधा का प्रयोग करने के लिए किसी दूसरी वेबसाइट का प्रयोग करना, काफी झंझट भरा लगता है। ऐसी झंझटों से बचाने के लिए गूगल मेल आपको बिल्ट-इन चैटिंग एप्लीकेशन की सुविधा प्रदान करता

है, अर्थात् यदि आपके कम्प्यूटर पर एडौब फ्लैश नामक एप्लीकेशन इंस्टॉल है, तो आप अपने जीमेल पेज से ही अपने दोस्तों के साथ चैटिंग कर सकते हैं।

इस कार्य के लिये बस सबसे पहले अपने जीमेल अकाउंट पर लॉगइन करें। ऐसा करते ही आपको दांई ओर चित्रानुसार एक ऑनलाइन चैट लिस्ट दिखाई देगी। जिस यूजर के साथ आप चैटिंग करना चाहते हैं, उसके नाम पर क्लिक कीजिये और फिर विन्डो की दांई ओर ओपन हुए चैट बॉक्स में चैट कीजिये।

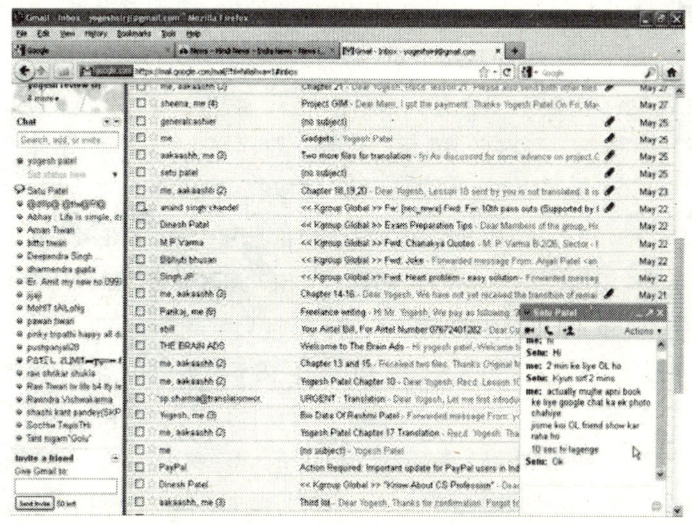

चित्र 3.14:

नोट: चैट करते समय यह आवश्यक नहीं कि आपका स्टेटस "Available" ही हो। आप अपनी सुविधा के अनुसार "Set status here" के पास दी गई ऐरो पर क्लिक करके अपना स्टेटस परिवर्तित कर सकते हैं।

अध्याय 4 - सोशल नेटवर्किंग

ऑर्कुट प्रोफाइल का निर्माण करना (Creating Orkut Profile)

सोशल मीडिया आज एक सहूलियत से बढ़कर जरूरत बन गया है। विश्व में कम्प्यूटर को जानने वाले लोगों में से शायद ही कोई ऐसा हो, जो सोशल मीडिया और उसकी उपयोगिता से परिचित न हो। असल में, सोशल मीडिया किसी सामान्य मीडिया की तरह ही हमें सिर्फ विश्व भर के लोगों से नहीं जोड़ता है, बल्कि सारी दुनिया के सामने अपने विचारों को प्रस्तुत करने की आजादी भी प्रदान करता है। यही बात हम भारत में आर्कुट के लिए कह सकते हैं। ऑर्कुट एक सोशल नेटवर्किंग वेबसाइट है, जिसका निर्माण गूगल ने करवाया। इस वेबसाइट में ऑर्कुट का अर्थ उसका विकास करने वाले सॉफ्टवेयर इंजीनियर ऑर्कुट बुयुकोटन से है। सन् 2004 में रिलीज की गई इस वेबसाइट के द्वारा कोई यूजर नए दोस्तों से मिल सकता है और अपनी संबंध स्थिति को भी अपडेट रख सकता है।

वैसे तो इसके साथ गूगल का नाम जुड़ा होने और इसकी कई सराहनीय सुविधाओं के कारण ऑर्कुट में पूरी दुनिया से यूजर्स जुड़े हुए हैं, लेकिन इसके उपयोगकर्ताओं की सूची में नब्बे प्रतिशत यूजर्स भारतीय और ब्राजीलियन हैं। मई 2010 तक इसमें जुड़े यूजर्स

में से 48.0 प्रतिशत यूजर्स ब्राज़ील से थे और 39.2 प्रतिशत भारत से। 2004 में रिलीज होने के बाद इसका उपयोग करने वाले यूजर्स में 51 प्रतिशत अमेरिकी थे, लेकिन निरंतर घटती यूजर संख्या और फेसबुक से बढ़ती प्रतिस्पर्धा के कारण आज केवल 2 प्रतिशत अमेरिकी यूजर ही इसका प्रयोग करते हैं। इसके विपरीत ब्राजील और भारत में इसकी स्थिति में निरंतर सुधार आया है।

सन् 2007 में गूगल ने यह सुनिश्चित किया कि फेसबुक को प्रतिस्पर्धा देने के लिए ऑर्कुट को पुनः डिजाइन किया जाए। सितंबर 2007 को डिजाइनिंग पूरी होने के बाद गूगल ने ऑर्कुट में कई नई सुविधाओं से परिचित कराया। 2009 में इसे पुनः रिडिजाइन किया गया, जिसमें कुछ और नई सुविधाएं जोड़ी गई। ऑर्कुट की यह डिजाइन पूर्णतः नई है। इसके साथ ही नया यूजर इंटरफेस, 48 भाषाओं का समर्थन, वीडियो चैट, फ्रेन्ड्स अपडेट्स, एचटीएमएल का समर्थन करने वाले स्क्रैप, ज्यादा प्राइवेसी कंट्रोल भी जोड़े गए साथ ही यूजर्स को अपनी इच्छानुसार यूजर इंटरफेस को बदलने की सुविधा भी प्रदान की गई।

ऑर्कुट में अपना अकाउंट ओपन करने के लिये निम्न चरणों का अनुसरण कीजिये:

1. अपने वेब ब्राउजर पर www.orkut.com टाइप कीजिये और इंटर कुंजी दबाइए।

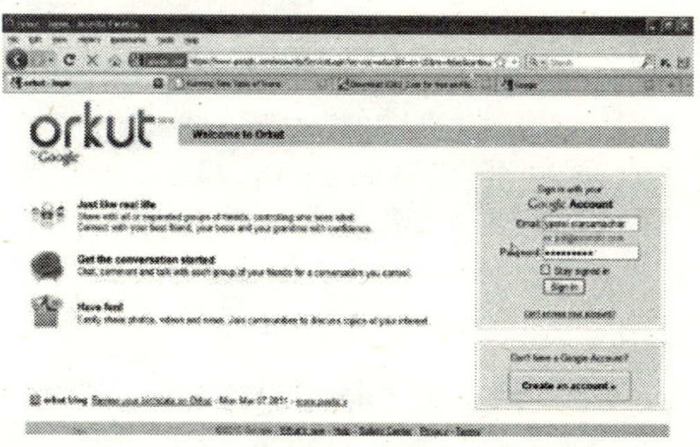

चित्र 4.1:

2. आर्कुट का होमपेज ओपन हो जाएगा। दिए गए “Email” और “Password” टैक्स्ट बॉक्स में अपना वैध गूगल अकाउंट आईडी और पासवर्ड टाइप कीजिए।

3. इसके पश्चात “Account Creation” पेज ओपन हो जाएगा। इस पेज में आपका नाम पहले से प्रदर्शित होगा। अपनी जन्मतिथि, लिंग और कम्प्यूटर-जनित सत्यापन कोड टाइप कीजिए और “I accept” पर क्लिक कीजिए।

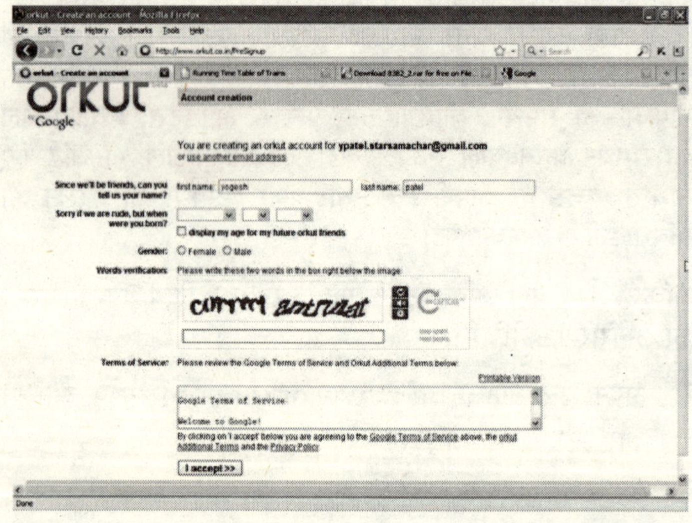

चित्र 4.2:

4. ऐसा करते ही गूगल आपके लिए ऑर्कुट होमपेज का निर्माण कर देता है। जैसा कि आप चित्र में देख सकते हैं कि इस होमपेज में आपका कोई भी डाटा प्रदर्शित नहीं हो रहा होगा। ऐसा इसलिए क्योंकि आपने अब तक कोई डाटा अपनी प्रोफाइल में प्रविष्ट किया ही नहीं है।

प्रोफाइल सेट करना (Setting up Profile)

अब जब आपकी ऑर्कुट प्रोफाइल में कोई डाटा नहीं है, तो अन्य यूजर्स आपके बारे में जानेंगे कैसे? इसके निवारण का सीधा सा तरीका यह है कि आप अपनी प्रोफाइल को अपडेट कर लें अर्थात् प्रोफाइल में सभी आवश्यक जानकारियां प्रविष्ट कर दें ताकि ऑर्कुट के अन्य यूजर्स भी आपके बारे में जान सकें और आपके दोस्त भी आपको आसानी से खोज सकें।

अपनी प्रोफाइल को सेट करने के लिए निम्न चरणों का अनुसरण कीजिए:

1. अपने अकाउंट पर लॉगइन कीजिए और होमपेज से "Profile" टैब पर क्लिक कीजिए।

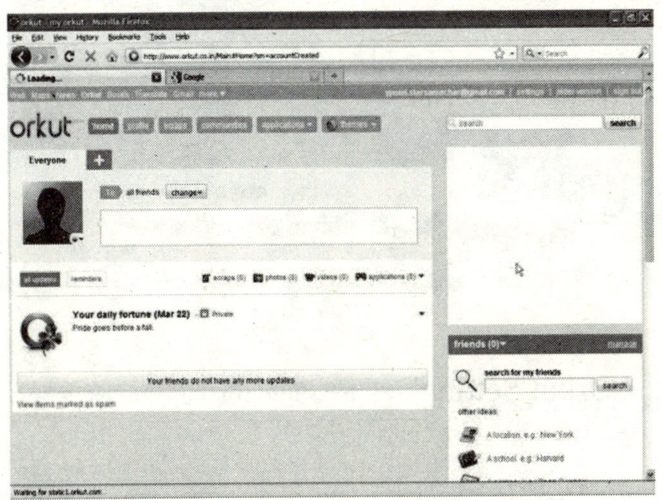

चित्र 4.3:

2. अब आपको अपनी प्रोफाइल दिखाई देगी, जो कि पूरी तरह से खाली होगा। प्रोफाइल में संशोधन करने के लिए "edit my profile info" लिंक पर क्लिक कीजिए।

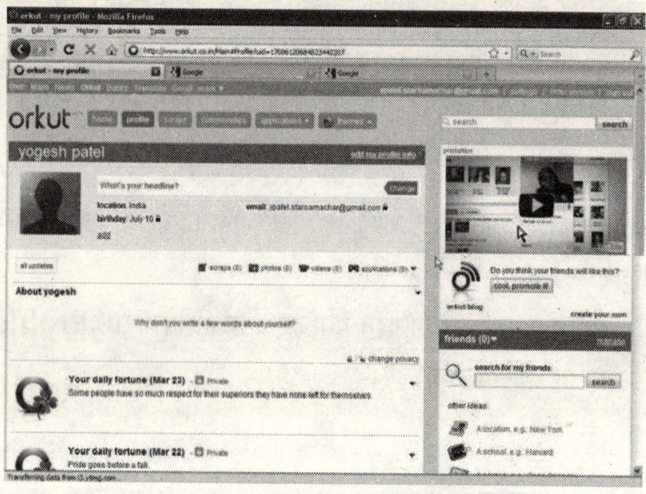

चित्र 4.4:

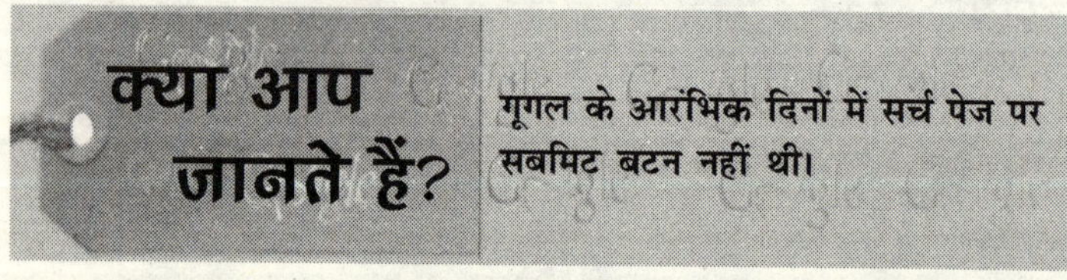

3. "Orkut Setting" बॉक्स ओपन हो जाएगा। इस बॉक्स में आपको निम्न टैब्स प्राप्त होंगे:

   a. Profile: इस टैब में आप अपना शहर, पता, रिलेशनशिप स्टेटस, ई-मेल, फोन नंबर आदि सेट कर सकते हैं।

b. Privace: प्राइवेसी से तात्पर्य है आपके डाटा की सुरक्षा। इस टैब के विकल्पों के द्वारा आप यह निर्धारित कर सकते हैं कि कौन आपकी प्रोफाइल के घटकों को देख सकता है, कौन आपको स्क्रैप कर सकता है, कौन आपको फ्रैन्ड रिक्वेस्ट भेज सकता है, कौन आपकी प्रोफाइल देख सकता है आदि।

c. General: इस टैब से प्रोफाइल की सामान्य सेटिंग्स की जाती है। जैसे ऑर्कुट के पुराने संस्करण में स्विच करना, पासवर्ड बदलना या अकाउंट डिलीट करना आदि।

d. Notification: नोटिफिकेशन टैब के विकल्पों के द्वारा ई-मेल में आने वाले नोटिफिकेशन्स की सेटिंग्स की जाती है कि गूगल आपके अकाउंट से संबंधित किन गतिविधियों की सूचना आपको प्रेषित करे।

e. Updates: इस टैब से आप अपने दोस्तों और एप्लीकेशन्स से संबंधित अपडेट्स की जानकारी प्राप्त कर सकते हैं।

4. सभी सेटिंग्स पूर्ण कर लेने के बाद "Save" पर क्लिक कीजिए।

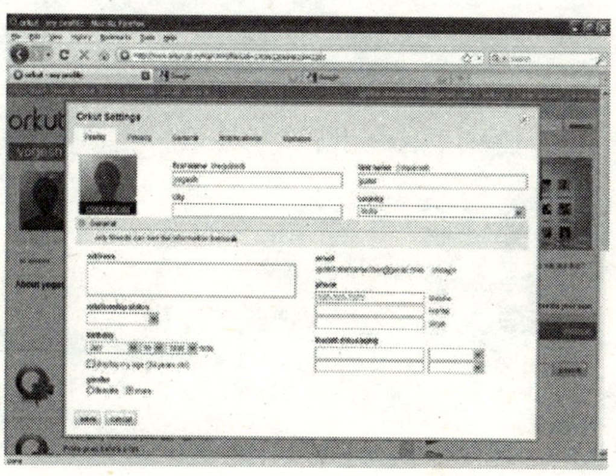

चित्र 4.5:

दोस्तों को खोजें (Searching Friends)

सीधी सी बात है कि जब सोशल नेटवर्किंग वेबसाइट्स हमें हमारे जाने-अनजाने दोस्तों से जोड़ती है, तो उन्हें ढूढ़ने की सुविधा भी उपस्थित होनी चाहिए। गूगल भी ऑर्कुट में आपको यह सुविधा प्रदान करता है ताकि आप अपने दोस्तों को खोज सकें और उनसे जुड़ सकें। गूगल में अपने दोस्तों को खोजने के लिए और उन्हें फ्रेन्डशिप रिक्वेस्ट प्रेषित करने के लिए आप निम्न चरणों का अनुसरण कर सकते हैं:

1. सर्वप्रथम अपने अकाउंट पर लॉगइन करके अपने होमपेज पर जाइए। होमपेज में शीर्ष की ओर दांई तरफ आपको "Search" टैक्स्ट बॉक्स दिखाई देगा। इस टैक्स्ट बॉक्स में अपने उस दोस्त का नाम टाइप कीजिए, जिसे आप खोजना चाहते हैं। माना कि आपको यहां "Yogita Patel" को खोजना है।
2. ऐसा करते ही सर्च पेज ओपन हो जाएगा और आपके समक्ष योगिता पटेल से संबंधित सभी पेज ओपन हो जाएंगे।

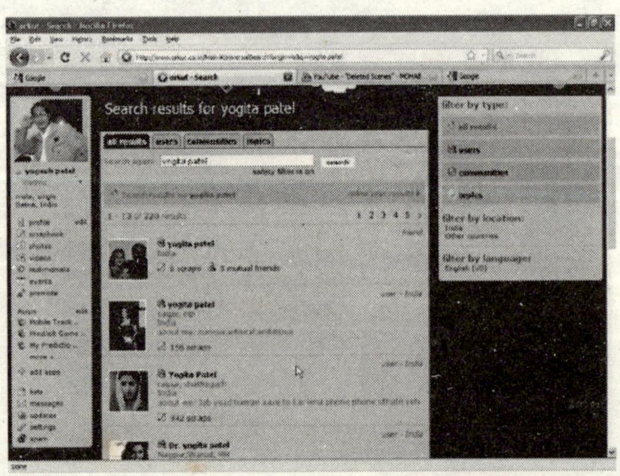

चित्र 4.6:

3. अब यदि आप यूजर के अतिरिक्त किसी कम्यूनिटी या टॉपिक को खोजना चाहते हैं, तो क्रमशः "Community" या "Topics" पर क्लिक कर सकते हैं।
4. "Users" पर जाइए और आप अपने जिस दोस्त को खोज रहे हैं, उसके थम्बनेल (उसकी फोटो) या नाम पर क्लिक कीजिए।

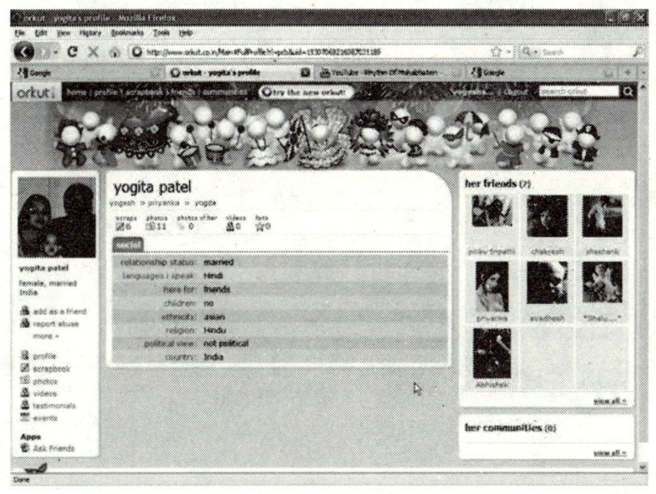

चित्र 4.7:

5. ऐसा करते ही आपके दोस्त की प्रोफाइल ओपन हो जाएगी। इस प्रोफाइल में "add as a friend" पर क्लिक कीजिए।
6. ओपन हुए "Add Friend" पेज से उचित चेक बॉक्स पर क्लिक कीजिए और यदि आप कोई संदेश प्रेषित करना चाहते हैं तो "Message" टैक्स्ट बॉक्स में टैक्स्ट टाइप कीजिए और "Send" बटन पर क्लिक कर दीजिए। आपकी फ्रेन्डशिप रिक्वेस्ट चली जाएगी।

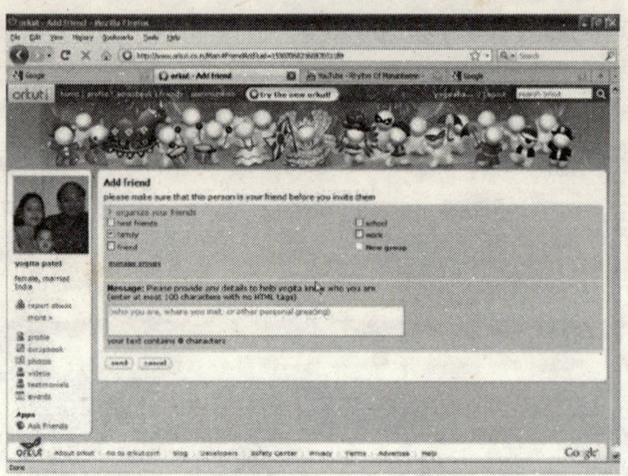

चित्र 4.8:

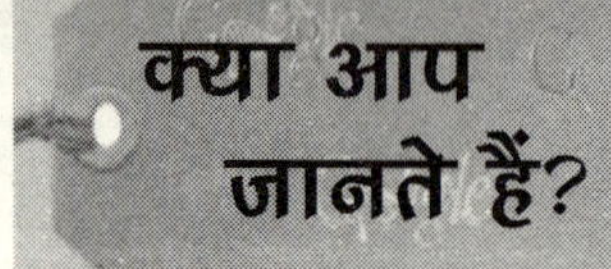

गूगल के कर्मचारियों को गूगलर्स और हेडक्वार्टर को गूगलप्लेक्स के नाम से पुकारा जाता है।

स्क्रैप भेजना (Sending Scraps)

ऑर्कुट में स्क्रैपिंग एक अत्यंत महत्वपूर्ण भाग है, जिसके माध्यम से आप अपने दोस्तों को संदेश प्रेषित कर सकते हैं, जो कि सामूहिक रूप से प्रदर्शित भी हो सकते हैं। गूगल ऑर्कुट में अपने यूजर को केवल साधारण टैक्स्ट मैसेज प्रेषित करने की सुविधा ही प्रदान नहीं करता है बल्कि आप ऑर्कुट में कुछ विशिष्ट वेबसाइट्स का प्रयोग करते हुए स्क्रैप के रूप में ग्राफिक्स या फिर फोटो भी प्रेषित कर सकते हैं।

आर्कुट में स्क्रैपिंग करना काफी सरल है:

1. अपने अकाउंट पर लॉगइन कीजिए।
2. दांई ओर दी गई फ्रैन्ड लिस्ट से जिसे स्क्रैप करना है, उस पर क्लिक कीजिए।
3. आपके दोस्त की प्रोफाइल ओपन हो जाएगी। इस प्रोफाइल में "Scraps" पर क्लिक कीजिए।

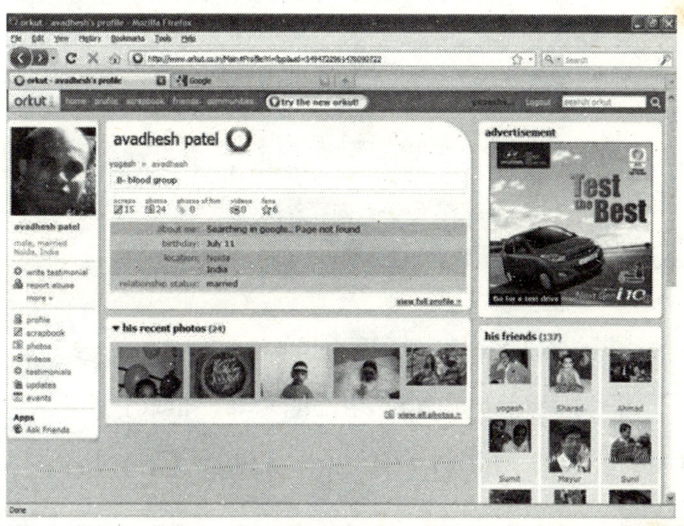

चित्र 4.9:

4. स्क्रैप पेज ओपन हो जाएगा। इस पेज में दिये गये टैक्स्ट बॉक्स में अपना संदेश टाइप कीजिए। यदि आप कोई फोटो भी इंसर्ट करना चाहते हैं, तो "add photo" पर क्लिक कीजिए और ओपन डायलॉग बॉक्स से उपयुक्त फोटो का चयन कीजिए। यदि आप डिजिटल मैसेज स्क्रैप करना चाहते हैं, तो उस

वेबसाइट में जाइए और उपयुक्त मैसेज के साथ दी गई लिंक को कॉपी करके टैक्स्ट बॉक्स में पेस्ट कर दीजिए।

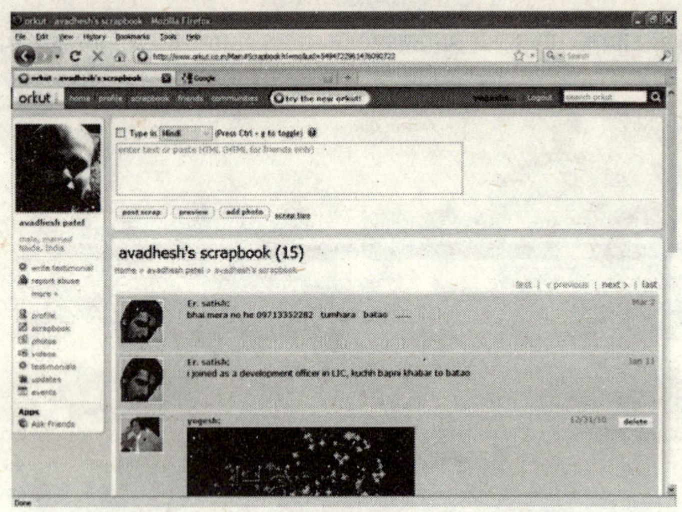

चित्र 4.10:

5. अंत में "post scrap" पर क्लिक कर दीजिए।

गूगल के साथ ब्लॉगिंग (Blogging with Google)

इंटरनेट उपयोग करने वाला लगभग हर व्यक्ति यह चाहता है कि वह कम से कम एक वेबपेज तो बनाए ही। लेकिन अब इस कार्य के लिए एक वेबसाइट बनाना, फिर डोमेन नेम रजिस्टर करना (जैसे, www.yahoo.com), वेब होस्ट खोजना आदि काफी झंझट भरे काम हैं। तो फिर क्या करें? उत्तर सीधा सा है कि खुद की वेबसाइट या वेबपेज बनाना भले ही आसान न हों, लेकिन एक वेब ब्लॉग तो बनाया ही जा सकता है।

ब्लॉग बनाने के सामान्य रूप से दो तरीके हैं। पहला किसी सॉफ्टवेयर का प्रयोग करके ब्लॉग का निर्माण करना और फिर उसे अपनी वेबसाइट पर प्रकाशित करना या फिर किसी ब्लॉग कम्यूनिटी की सेवाओं का प्रयोग करके ब्लॉग का निर्माण करना। ब्लॉग कम्यूनिटी से तात्पर्य ऐसी वेबसाइट्स से है, जो अपने यूजर्स को ब्लॉग्स का निर्माण करने के लिए वेबब्लॉग्स टूल्स और वेब स्पेस प्रदान करते हैं। ब्लॉगर डॉट कॉम भी ऐसी ही वेबसाइट है, जो कि गूगल के स्वामित्व में हैं। ब्लॉगर डॉट कॉम अब तक कि सबसे पसंदीदा वेबसाइट्स में से एक है, जो अपने यूजर्स को अनगिनत ब्लॉग्स, 1 जीबी तक का चित्र स्टोरेज समर्थन, एक एमबी का ब्लॉग पेज, 100 सदस्यों तक की टीम अनुमति आदि प्रदान करती है।

अपने लिए ब्लॉग का निर्माण करने के लिए निम्न चरणों का अनुसरण कीजिए:

1. सबसे पहले अपने वेब ब्राउजर में www.blogger.com टाइप कीजिए और ब्लॉगर डॉट कॉम पर पहुँचें। अब अपने गूगल अकाउंट के साथ लॉगइन कीजिए।

चित्र 4.11:

2. इसके पश्चात ब्लॉग निर्माण के तीन चरणों में से पहला चरण आरंभ होगा। इस पेज में आपको अपना नाम और ई-मेल पता पहले से ही दिखाई दे रहा होगा। “Display name” टैक्स्ट बॉक्स में प्रदर्शित होने वाला नाम टाइप कीजिए तथा यदि आप महत्वपूर्ण घोषणाओं या सूचनाओं से संबंधित जानकारी प्राप्त करना चाहते हैं तो दिये गये चेक बॉक्स को भी सक्रिय कर दीजिए। अपने लिंग का चयन कीजिए और अंतिम चेक बॉक्स को भी सक्रिय करके “Continue” पर क्लिक कीजिए।

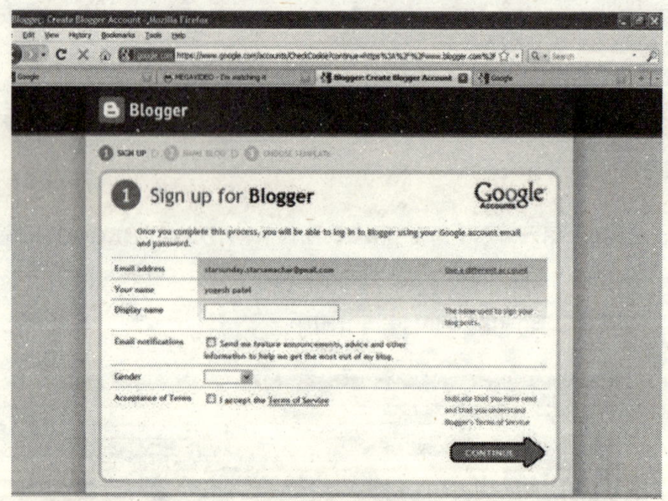

चित्र 4.12:

3. ऐसा करते ही आपकी प्रोफाइल का निर्माण हो जाएगा। इस प्रोफाइल पेज में “CREATE YOUR BLOG NOW” पर क्लिक कीजिए। अपनी प्रोफाइल को संशोधित करने या फिर प्रोफाइल फोटो को अपलोड करने के लिए आप क्रमशः “Edit Profile” या “Edit Photo” पर क्लिक कर सकते हैं।

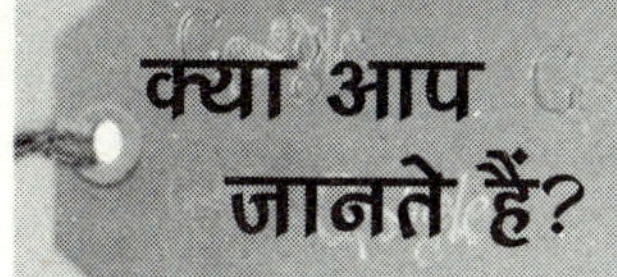

गूगल का होमपेज इतना विरल इसलिये है क्योंकि इसके जनकों को एचटीएमएल का उपयोग करना नहीं आता था।

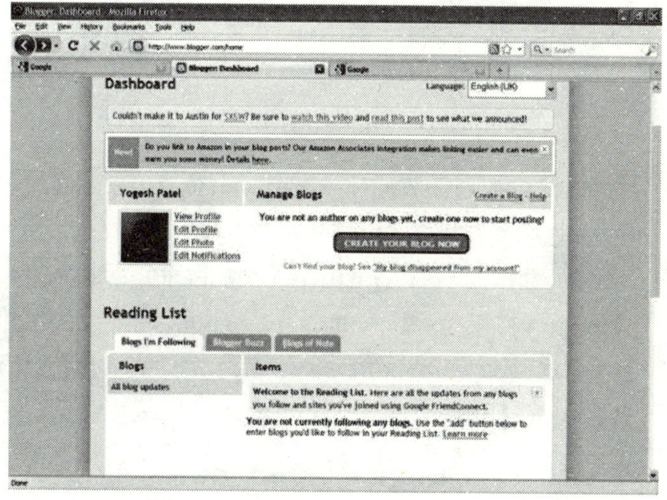

चित्र 4.13:

4. दूसरा चरण है "Name your blog" अर्थात् इस चरण में दिए गए पहले टैक्स्ट बॉक्स में अपने ब्लॉग का टाइटल टाइप कीजिए और दूसरे टैक्स्ट बॉक्स में ब्लॉग का एड्रैस। मान लीजिए कि आपने अपने ब्लॉग का एड्रैस "myfirstblog" बनाया है, तो आपके ब्लॉग का एड्रैस www.myfirstblog.blogspot.com होगा। अब "Continue" पर क्लिक कीजिए।

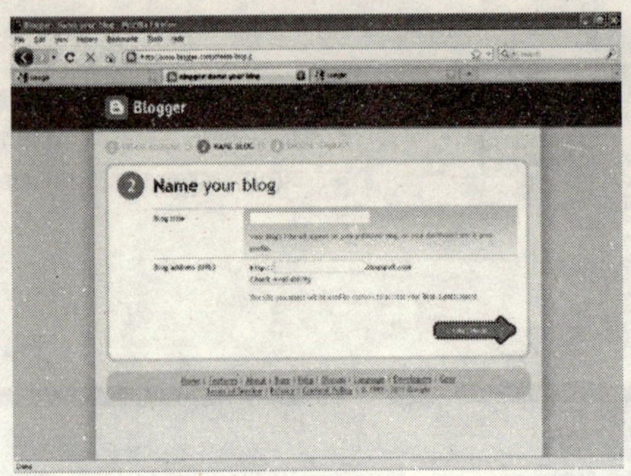

चित्र 4.14:

5. तीसरा और आखिरी चरण है ब्लॉग के लिए टेम्पलेट का चयन करना। इस पेज में ब्लॉग के लिए उपयुक्त टेम्पलेट का चयन कीजिए और फिर "Continue" पर क्लिक कीजिए। ऐसा करते ही ब्लॉगर आपको बताएगा कि आपके ब्लॉग का निर्माण किया जा चुका है। ब्लॉगिंग आरंभ करने के लिए "START BLOGGING" पर क्लिक कीजिए।

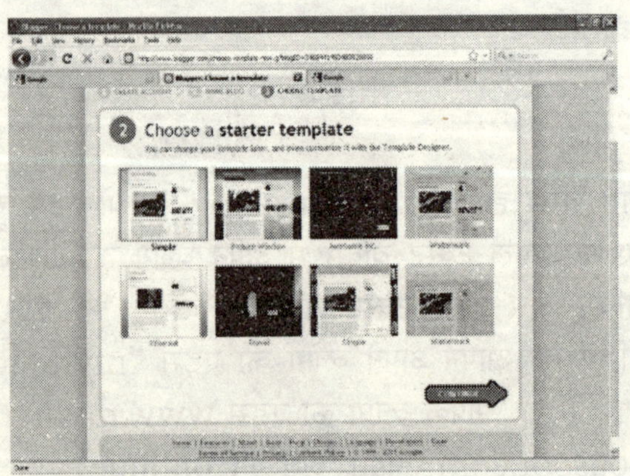

चित्र 4.15:

6. अपना पेज ब्लॉग एडिटर का होगा। इस पेज के "Title" टैक्स्ट बॉक्स में पोस्ट का टाइटल टाइप कीजिए और अगले टैक्स्ट बॉक्स में अपना ब्लॉग पोस्ट। ब्लॉग पोस्ट के लिए ब्लॉगर आपको कई फॉर्मेटिंग विकल्प प्रदान करता है, जिनके द्वारा आप ब्लॉग पोस्ट की फॉर्मेटिंग कर सकते हैं। पोस्ट की फॉर्मेटिंग करने के बाद "PUBLISH POST" पर क्लिक कीजिए। यदि आप ब्लॉग को पोस्ट करने से पहले उसका प्रीव्यू देखना चाहते हैं, तो "PREVIEW" पर क्लिक कीजिए।

क्या आप जानते हैं?

गूगल की सर्च तकनीक को 'पेजरैंक' कहते हैं।

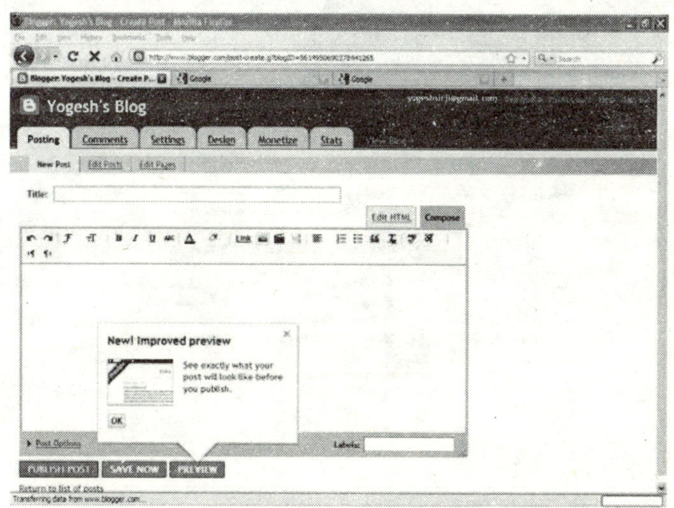

चित्र 4.16:

खुद का समूह बनाएं (Create your own Group)

स्कूल, कॉलोनी, कार्यालय आदि में हम सभी का ग्रुप होता है, जिसमें हम सभी सामान्य बातों को साझा करते रहते हैं। ठीक यही कार्य हम इंटरनेट पर बनाए गए ग्रुप्स में भी करते हैं। गूगल आपको ग्रुप्स बनाने की सुविधा प्रदान करता है, जिसके द्वारा आप किसी भी विषय से संबंधित, जैसे क्रिकेट, कम्प्यूटर आदि, ग्रुप्स का निर्माण कर सकते हैं और उसके माध्यम से प्रचार भी कर सकते हैं।

यदि आप भी अपने गूगल ग्रुप का निर्माण करना चाहते हैं, तो बस निम्न चरणों की पूर्ति कीजिए:

1. सबसे पहले www.http://groups.google.com पर जाइए। गूगल ग्रुप्स के होमपेज में बांई ओर "Create a group..." पर क्लिक कीजिए।

चित्र 4.17:

2. "Set up group" पेज में अपने ग्रुप का नाम टाइप कीजिए। यह नाम टाइप करते ही गूगल आपके लिए इसी नाम का एक ई-मेल पता भी बना देता है। मान लीजिए कि "My First Group" का चयन किया है, तो आपका ई-मेल पता "my-first-group@googlegroups.com" होगा। इसके साथ ही आपको इस ग्रुप का वेब एड्रैस भी दिखाई देगा। अगले टैक्स्ट बॉक्स में अपने ग्रुप से संबंधित कुछ महत्वपूर्ण वर्णन प्रविष्ट कीजिए। यदि आपके ब्लॉग में यौन सूचनाएं भी सम्मिलित होंगी, तो दिये गये चेक बॉक्स को सक्रिय कीजिए। "Choose an Access Level" खंड के रेडियो बटन्स में से किसी एक का चयन कीजिए।

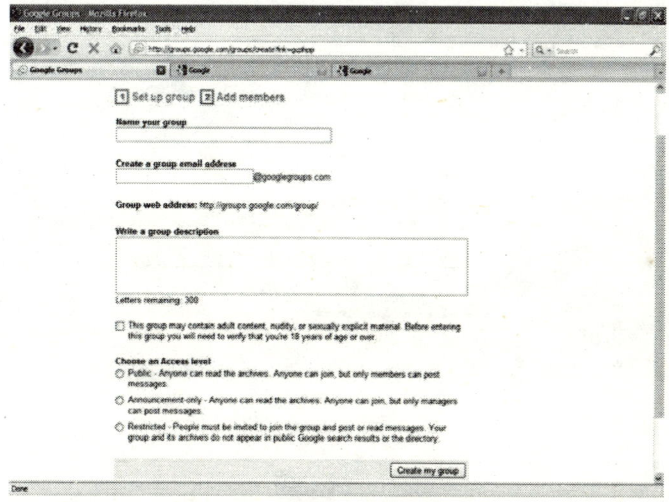

चित्र 4.18:

क्या आप जानते हैं?

गूगल होमपेज में दी गई बटन "I'm feeling lucky" का प्रयोग प्रायः ज्यादातर यूजर कभी करते ही नहीं है।

3. अगला पेज अपने दोस्तों को ग्रुप में जुड़ने का आमंत्रण भेजने के लिए है। पहले टैक्स्ट बॉक्स में दोस्तों के ई-मेल पते और दूसरे में संदेश टाइप करके इसे प्रेषित कर दीजिए। आपके ग्रुप का निर्माण हो चुका है, अब आप ग्रुप फोरम में चर्चा करना आरंभ कर सकते हैं।

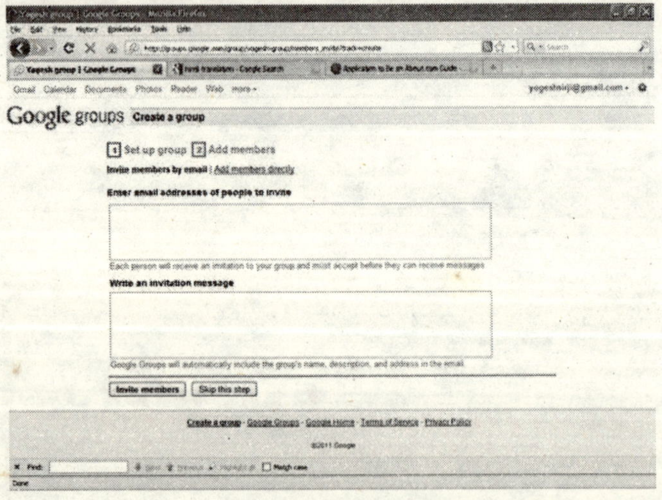

चित्र 4.19:

भाग 3 – दुनिया को खोजें

अध्याय 5– पृथ्वी से चांद तक

- पृथ्वी को खोजें
- अपने शहर को खोजें
- आप क्या देखना चाहते हैं?
- चंद्रमा और मंगल को खोजें

अध्याय 6– गूगल मैप

- अपने नक्शे को खोजें
- डिफॉल्ट लोकेशन सेट करना
- अन्य उपयोगी विकल्प

अध्याय 5 - पृथ्वी से चांद तक

पृथ्वी को खोजें (Discovering Earth)

बचपन में जब भी हमें टीचर्स पढ़ाया करते थे तो पृथ्वी की भौगोलिक स्थिति के बारे में समझाने के लिए वे अक्सर पृथ्वी के मॉडल का प्रयोग किया करते थे, जिसे हम ग्लोब कहते हैं। लेकिन अब समय तकनीक का है और कक्षाओं में दिखाए जाने वाले प्लास्टिक के ग्लोब का स्थान ई-ग्लोब ने ले लिया है। ग्लोब का ऐसा ही एक डिजिटल फॉर्मेट गूगल भी प्रदान करता है, गूगल अर्थ के रूप में। गूगल अर्थ एक वर्चुअल ग्लोब एप्लीकेशन है, जो पृथ्वी की भौगोलिक सूचना प्रदान करता है। गूगल अर्थ का विकास असल में कीहोल कार्पोरेशन ने अर्थव्यूअर 3डी के नाम के साथ किया था, जिसे गूगल ने 2004 में खरीद लिया।

गूगल अर्थ पृथ्वी के सतह के कई सेटेलाइट चित्रों को प्रदर्शित करता है, जिससे कोई भी यूजर पृथ्वी के किसी भी भौगोलिक भाग को देख सकता है। इसके साथ किसी क्षेत्र के भौगोलिक परिवर्तनों को देखने के लिए भी गूगल अर्थ एक बेहतरीन विकल्प है। उदाहरण के लिए, आप जापान या हैती में आए भूकंपों के कारण वहां की भौगोलिक संरचना में हुए परिवर्तन के बारे में भी जान सकते हैं। इसके साथ ही यह आपको किसी शहर से संबंधित काफी सूचनाएं भी प्रदान कर

सकता है, जैसे यदि आप अपने नगर के किसी महत्वपूर्ण मंदिर, अस्पताल, शॉपिंग मॉल, रेस्टोरेंट, म्यूजियम, स्कूल आदि की स्थिति का पता लगाना चाहते हैं, तो गूगल अर्थ इस कार्य में आपकी काफी सहायता कर सकता है।

इनके साथ ही गूगल अर्थ में विकीपीडिया और पैनारैमियो एकीकृत हैं तथा फ्लाइट सिम्यूलेटर को भी जोड़ा गया है।

अपने कम्प्यूटर में गूगल अर्थ को इंस्टॉल करने के लिए निम्न चरणों की पूर्ति कीजिए:

1. सबसे पहले अपने वेब ब्राउजर से http://www.earth.google.com पर जाइए। ऐसा करते ही चित्रानुसार वेबपेज दिखाई देगा।

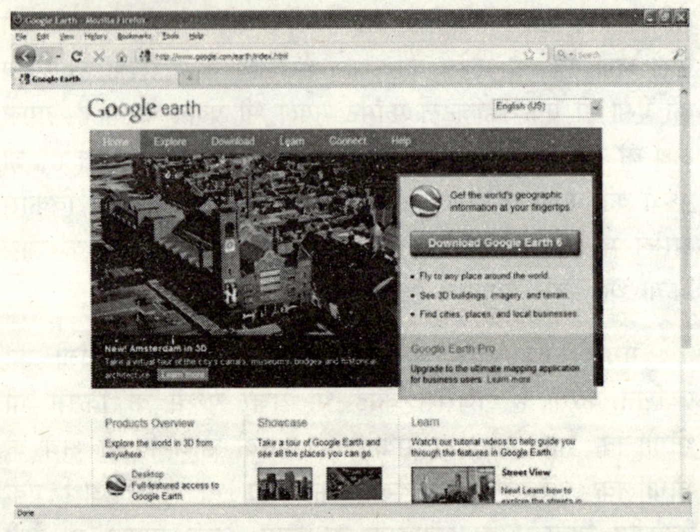

चित्र 5.1:

2. अब "Download Google Earth" बटन पर क्लिक कीजिए। अब एक नया पेज ओपन हो जाएगा। यदि आप गूगल

क्रोम को भी डाउनलोड करना चाहते हैं और उसे डिफॉल्ट ब्राउजर बनाना चाहते हैं तो दिये गए चेकबॉक्सों को सक्रिय कीजिए। अब "Agree and Download" पर क्लिक कीजिए।

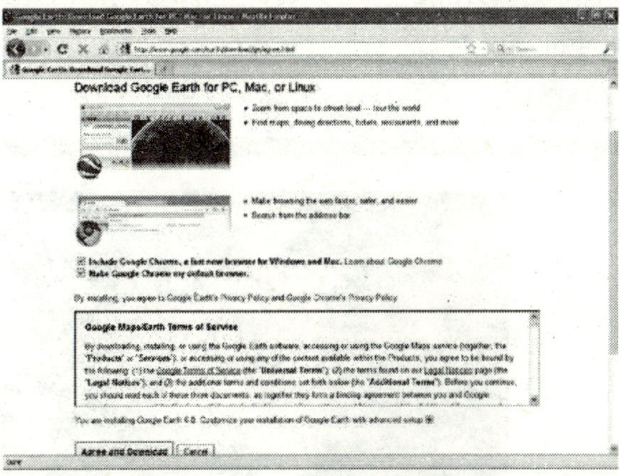

चित्र 5.2:

3. गूगल अर्थ डाउनलोडिंग डायलॉग बॉक्स ओपन हो जाएगा। "Save file" पर क्लिक करके फाइल को सेव कीजिए। जब फाइल डाउनलोड हो जाए तो उसके आइकॉन पर क्लिक कीजिए।

4. अब ओपन डायलॉग बॉक्स पर "Run" पर क्लिक कीजिए। ऐसा करते ही गूगल फाइल डाउनलोड होना आरंभ हो जाएगी और फिर यह इंस्टॉल हो जाएगा।

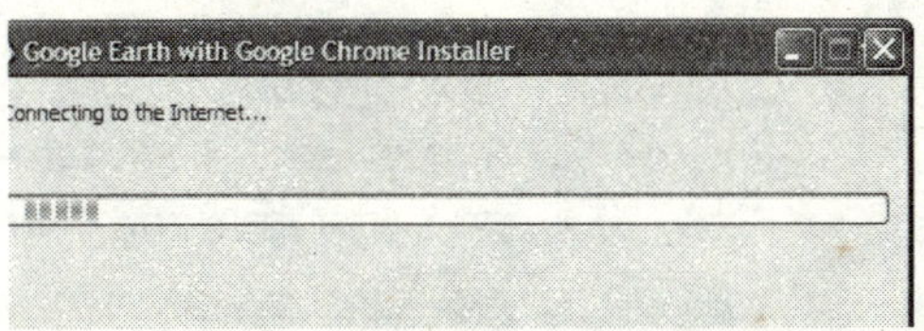

चित्र 5.3:

5. अब प्रोग्राम मेन्यू पर जाइए और गूगल अर्थ को ओपनजीएल या डायरेक्ट एक्स मोड में ओपन कीजिए। ऐसा करते ही गूगल आपको गूगल अर्थ के बारे में कुछ टिप्स देगा। इस डायलॉग बॉक्स में "Close" पर क्लिक कीजिए। गूगल अर्थ आरंभ हो चुका है।

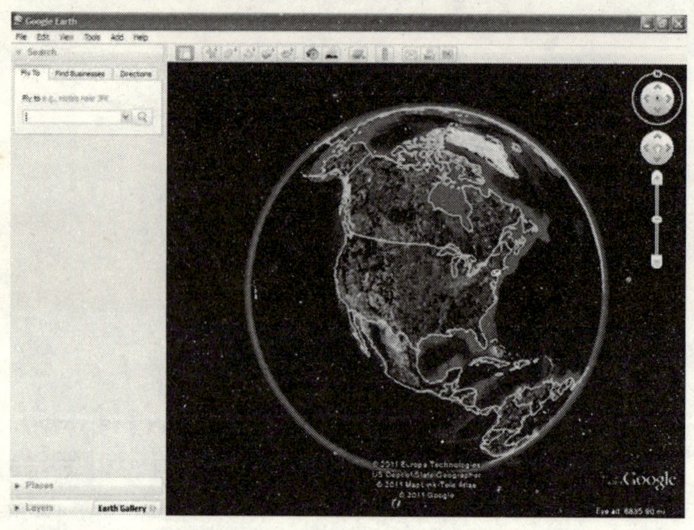

चित्र 5.4:

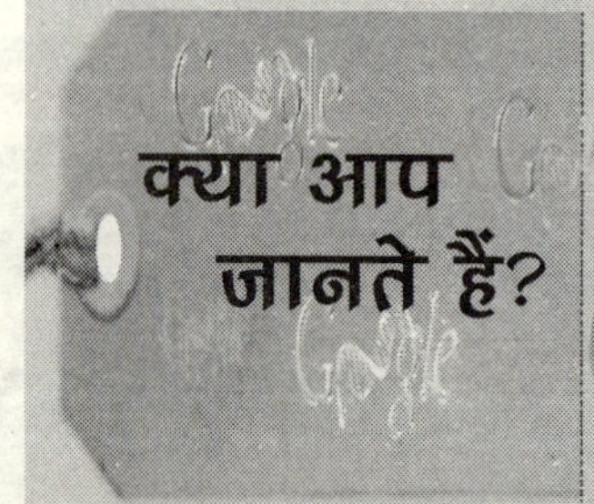

जब पेज और ब्रिन अपनी सर्च तकनीक के लिये निवेशक खोज रहे थे, तो एक पोर्टल के सीईओ ने कहा था कि, "हम अपने प्रतिद्वंदियों से अस्सी प्रतिशत भी अच्छे हो जाए, तो हम पर्याप्त अच्छे हैं। हमारे यूजर्स वाकई सर्च के बारे में चिंता नहीं करते।"

अपने शहर को खोजें (Finding your city)

गूगल अर्थ एक प्रकार से आपके कंधों पर पंख लगा देता है यानि ये आपको एक वर्चुअल टूरिस्ट बना देता है, जिसके द्वारा आप घर बैठे पूरी दुनिया घूम सकते हैं। गूगल अर्थ हर तीन वर्षों में अपनी इमेजों को अपडेट करता है लेकिन कोई बड़ा भौगोलिक परिवर्तन होने के कारण यह तुरंत उस क्षेत्र की इमेज को अपडेट करता है। उदाहरण के लिए, जापान में आई सूनामी के कारण हुए परिवर्तनों की इमेजों को तुरंत ही गूगल ने अपडेट किया। अब चूंकि आपके कम्प्यूटर पर भी गूगल अर्थ इंस्टॉल हो चुका है, इसलिए आप इसके गुणों का उपयोग करने के लिए तैयार हैं।

1. सबसे पहले प्रोग्राम मेन्यू पर जाइए और गूगल अर्थ को ओपन कीजिए।

2. ऐसा करते ही चित्र 5.4 के अनुसार गूगल अर्थ ओपन हो जाएगा।

3. गूगल अर्थ विन्डो में बांई ओर आपको सर्च टास्क पेन दिखाई देगा। इस पेन में आपको तीन टैब प्राप्त होंगे, जिसका प्रयोग करके आप तीन प्रकार से सर्च कर सकते हैं:

   a. Fly to: इस टैक्स्ट बॉक्स में आप किसी भी नगर या स्थान का नाम टाइप करके उसे खोज सकते हैं। नाम टाइप करके "Enter" कुंजी दबाइए और दांई ओर बनी हुई वर्चुअल पृथ्वी आपको वहां पहुंचा देगी। मान लीजिए कि आप यह पता करना चाहते हैं कि नोएडा कहां है, तो इस टैक्स्ट बॉक्स में "noida" टाइप कीजिए।

चित्र 5.5:

b. Find Business: इस टैब में आपको दो टैक्स्ट बॉक्स प्राप्त होंगे। पहले टैक्स्ट बॉक्स "What" में यह निर्दिष्ट कीजिए आप क्या खोजना चाहते हैं और "Where" में यह बताइए कि आप कहां खोजना चाहते हैं। उदाहरण के लिए, मान लीजिए कि आप दिल्ली में म्यूजियम खोजना चाहते हैं, तो दोनों बॉक्सों में क्रमशः "Museum" और "Delhi" टाइप कीजिए।

c. Directions: यह टैब आपको किसी एक स्थान से दूसरे स्थान तक के लिए दिशा बताएगा। "From" टैक्स्ट बॉक्स में स्रोत स्थान का नाम और "To" में गंतव्य स्थान का नाम टाइप कीजिए। उदाहरण के लिए, मान लीजिए कि आप कोलकाता से दिल्ली तक का रास्ता पता लगाना चाहते हैं, तो क्रमशः दोनों टैक्स्ट बॉक्सों में "Kolkata" और "Delhi" टाइप कीजिए। ऐसा करते ही आपको चित्रानुसार परिणाम दिखाई देंगे।

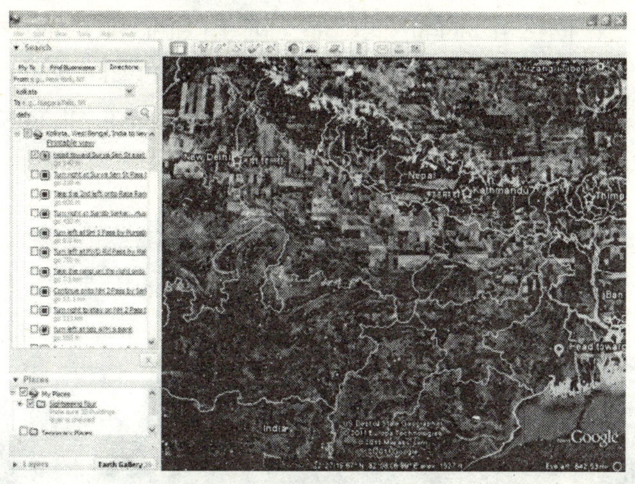

चित्र 5.6:

आप क्या देखना चाहते हैं? (What do you want to see?)

अब तक आपने जाना कि गूगल से आप किसी नगर को वर्चुअली देख सकते हैं, किसी निश्चित स्थान को खोज सकते हैं और दो स्थानों के बीच की दिशा का भी पता लगा सकते हैं। लेकिन चूंकि गूगल अर्थ एक वर्चुअल मानचित्र है, इसलिए यह आपको सामान्य ग्लोब की तरह केवल देशों और उनकी सीमाओं की जानकारी बस नहीं देता है बल्कि इसके साथ ही किसी नगर की प्रमुख इमारतों की 3डी डिजाइन, रोड, प्रमुख स्थानों के लेबल्स आदि भी प्रदर्शित करता है। इन्हें आप अपनी इच्छानुसार एप्लीकेशन पर प्रदर्शित कर सकते हैं या छिपा सकते हैं।

अब निम्न चरणों का अनुसरण कीजिए:

1. सबसे पहले गूगल अर्थ को ओपन कीजिए।
2. आपको बांई ओर नीचे "Layer" विकल्प दिखाई देगा। इसपर क्लिक कीजिए। ऐसा करते ही आपको एक लिस्ट दिखाई देगी।

3. इस लिस्ट में आपको बॉर्डर और लेबल्स (सीमा और स्थान चिन्ह के लिए), फोटो, रोड, 3डी बिल्डिंग्स, ओशियन और गैलेरी जैसे विकल्प दिखाई देंगे। अपनी इच्छानुसार आप किसी भी विकल्प को सक्रिय या निष्क्रिय कर सकते हैं।

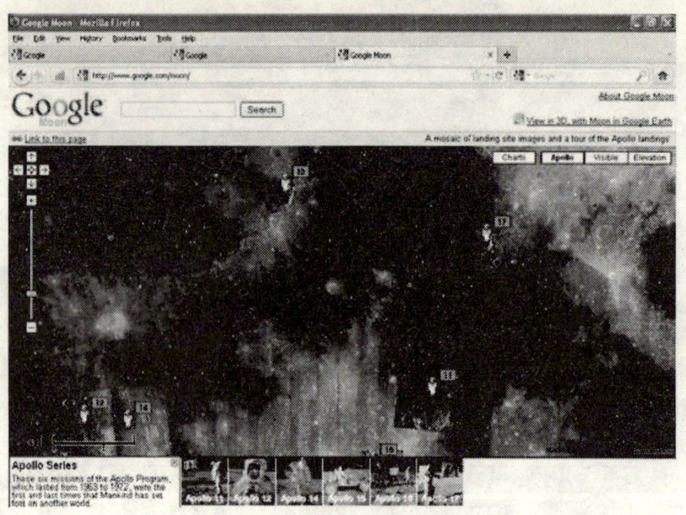

चित्र 5.7:

चंद्रमा और मंगल को खोजें (Discovering Moon and Mars)

अब तक तो हुई पृथ्वी की बात, लेकिन गूगल आपको चंद्रमा और मंगल की सतह पर भी झांकने का मौका प्रदान करता है। जब मैं छोटा बच्चा था और बड़ी शरारत करता था, तब भी मेरे मन में एक सवाल रहता था कि हमारे चंदा मामा दिखते कैसे होंगे? गूगल हमारे इन प्रश्नों का उत्तर खोजने में हमारी मदद कर रहा है। गूगल का एप्लीकेशन गूगल मून गूगल मैप की ही तरह एक मून सर्चिंग

एप्लीकेशन है, जो आपको पृथ्वी से चंद्रमा को खोजने का मौका प्रदान करता है।

गूगल मून को 20 जुलाई 2005 को लाँच किया गया था, यानि जिस दिन अमेरिकी यान अपोलो 11 चंद्रमा की सतह पर पहुंचा था। गूगल मून कुल चार प्रकार के व्यूज़ प्रदान करता है। पहला है अपोलो मोड (Apollo Mode) जिसमें आपको अपोलो मिशन से संबंधित प्लेसमार्क, इमेज, वीडियो आदि प्रदान करता है। दूसरा व्यू है विज़िबल मोड (Visible Mode) जो चंद्रमा की सेटेलाइट इमेज प्रदान करता है। तीसरा व्यू एलीवेशन (Elevation) गलत रंग की रेंडरिंग प्रदान करता है जबकि चौथा व्यू चार्ट्स (Charts) अपोलो के समय के चार्ट्स प्रदान करता है। गूगल मून का प्रयोग करने के लिए http://google.com/moon/ पर लॉगऑन कीजिए।

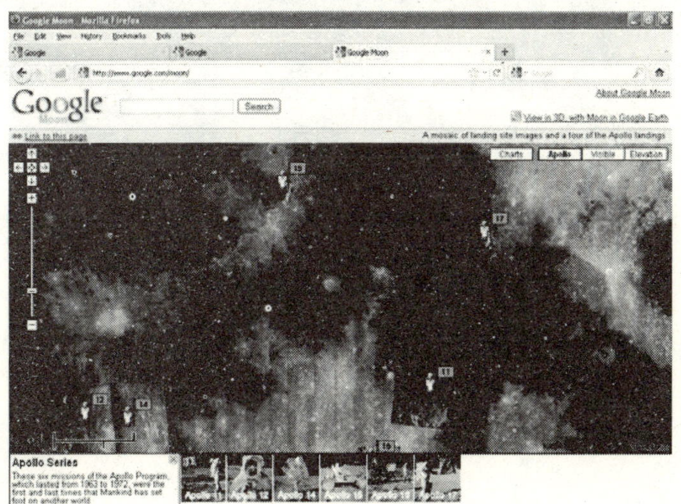

चित्र 5.8:

इसी प्रकार से गूगल मार्स भी एक ऑनलाइन एप्लीकेशन है, जो आपके समक्ष मंगल ग्रह की सेटेलाइट इमेजों को प्रदर्शित करता है। http://google.com/mars/ पर लॉगआॅन करके आप मंगल ग्रह के चित्रों को देख सकते हैं।

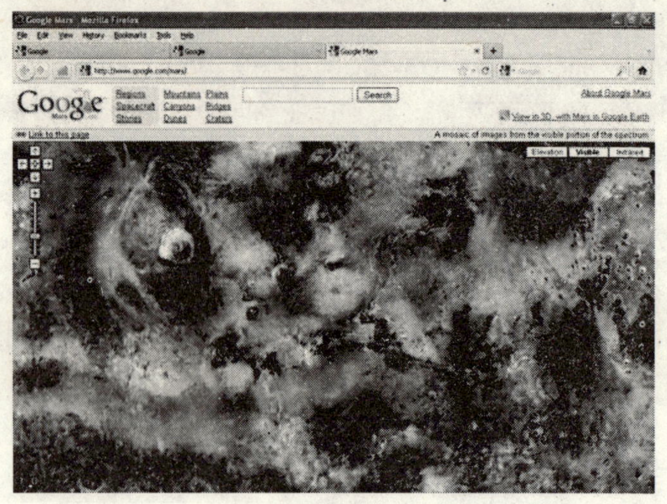

चित्र 5.9:

अध्याय 6 - गूगल मैप

अपने नक्शे को खोजें (Track your Address)

बचपन में स्कूल में पढ़ाई करते समय आपने प्राय: अपने देश या राज्य का नक्शा देखा होगा। लेकिन अब जिस प्रकार से बुक्स का स्थान ई-बुक्स ने ले लिया है, उसी प्रकार से स्कूलों में दिखाए जाने वाले इन मैप्स का स्थान गूगल मैप्स ने ले लिया है।

गूगल अर्थ की ही तरह गूगल मैप भी गूगल कार्पोरेशन द्वारा विकसित एक वेब मैपिंग एप्लीकेशन है, जिसका प्रयोग करके आप किसी भी देश, नगर या क्षेत्र का नक्शा और वहां स्थित महत्वपूर्ण स्थानों की स्थिति का पता लगा सकते हैं। गूगल मैप गूगल अर्थ के काफी गुण प्रदर्शित करता है।

यदि आप कहीं यात्रा करने जा रहे हो, तो गूगल मैप काफी उपयोगी सिद्ध हो सकता है क्योंकि यह कई सुविधाएं प्रदान करने के साथ ही साथ एक सरल इंटरफेस भी प्रदान करता है, जिस कारण से इसे उपयोग करना भी काफी सरल है। गूगल अर्थ की ही तरह इसका "Get Direction" विकल्प रूट प्लानर की सुविधा प्रदान करता है, जिसकी सहायता से आप यह पता कर सकते हैं कि एक स्थान से दूसरे स्थान तक जाने के लिए कौन-कौन से रास्ते हैं और साथ ही यह विकल्प उन दो स्थानों के बीच की दूरी भी बताता है।

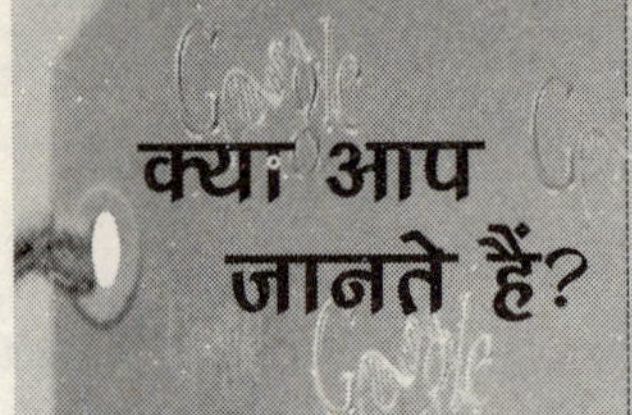

गूगल के पहले बड़े निवेशक सन माइक्रोसिस्टम के संस्थापकों में से एक एंडी बैकटॉलसीम थे, जिन्होंने गूगल पर एक लाख डॉलर का निवेश किया था।

गूगल मैप में किसी लोकेशन को खोजने के लिए आपको उस लोकेशन से संबंधित सूचना प्रविष्ट करनी होती है, जिसके लिये आप निम्न चरणों का अनुसरण कर सकते हैं:

1. सबसे पहले http://maps.google.co.in/ पर लॉगऑन कीजिए। ऐसा करते ही चित्रानुसार गूगल मैप ओपन हो जाएगा।

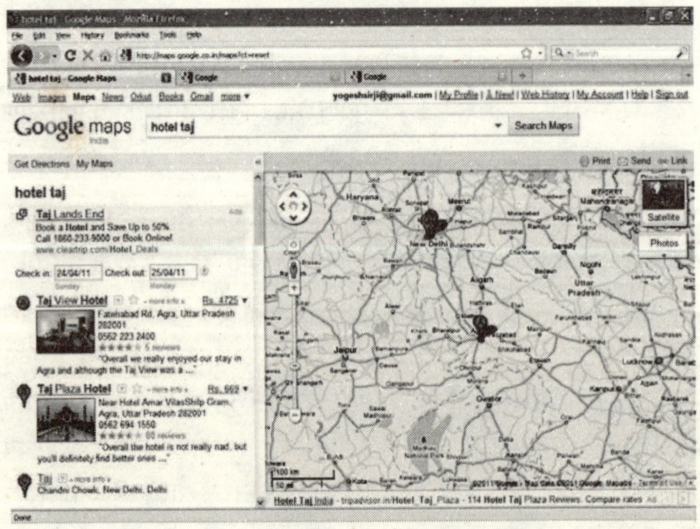

चित्र 6.1:

2. गूगल मैप के पेज में पहुंचते ही आप दिए गए टैक्स्ट बॉक्स में निम्न प्रकार से किसी भी लोकेशन को खोज सकते हैं:

   a. किसी देश, राज्य या नगर को खोजने के लिए आप उस देश, राज्य या नगर का नाम टाइप कर सकते हैं। उदाहरण के लिए, भारत, कर्नाटक या दिल्ली।

   b. आप अक्षांश और देशांतर के अनुसार भी किसी लोकेशन को खोज सकते हैं। जैसे, 25.282°N 82.9563°E को खोजने पर आपको वाराणसी की लोकेशन प्राप्त होगी।

   c. आप सड़क के नाम से भी अपने गंतव्य को खोज सकते हैं, जैसे यदि आप दिल्ली के दरियागंज क्षेत्र की अंसारी रोड को खोजना चाहते हैं तो अंसारी रोड, दरियागंज, दिल्ली टाइप कीजिए।

   d. आप रेलवे स्टेशन कोड के जरिये किसी लोकेशन को खोज सकते हैं, जैसे "NDLS" नई दिल्ली स्टेशन के लिए।

   e. आप किसी निर्धारित स्थान को भी खोज सकते हैं, जैसे जंतर मंतर।

3. यहां पर ध्यान रखने योग्य बात यह है कि यदि आप किसी स्थान को खोज रहे हैं, तो हो सकता है कि दिए गए तथ्य से संबंधित अन्य विकल्प भी हो। उदाहरण के लिए मान लीजिए कि आप होटल ताज खोजना चाहते हैं, तो आपको टैक्स्ट बॉक्स में "Hotel Taj" टाइप करने पर बांई ओर आपको कई विकल्प प्राप्त होंगे, जिससे आप अपनी लोकेशन का चयन कर सकते हैं।

4. लोकेशन प्रदर्शित होने के बाद आप ब्राउज़िंग पेज में दिये गए दो टूल्स का प्रयोग इमेज को इधर-उधर ले जाने के लिए या जूम इन-आउट करने के लिए कर सकते हैं।

डिफॉल्ट लोकेशन सेट करना (Setting up Default Location)

आप जब भी गूगल मैप ओपन करते हैं, तो जो भी लोकेशन सबसे पहले ओपन होती है, वह गूगल मैप की डिफॉल्ट लोकेशन होती है। लेकिन यदि आप प्रायः किसी एक लोकेशन की सूचना प्राप्त करते रहते हैं, तो इस स्थिति में बार-बार किसी एक लोकेशन से दूसरी लोकेशन में जाने में आपको समस्या का सामना करना पड़ सकता है। उदाहरण के लिए, मान लीजिए कि आप कोलकाता घूमने गए हुए हैं और लोकेशन का पता लगाने के लिए आप प्रायः गूगल मैप का पता करते रहते हैं लेकिन आपके गूगल मैप में डिफॉल्ट लोकेशन में भारत का नक्शा है। अब हर बार उस नक्शे में कोलकाता को खोजना और फिर अपनी निर्धारित लोकेशन को खोजना कुछ जटिल कार्य है। इस समस्या को हल करने के लिए गूगल अपने यूजर्स को खुद की डिफॉल्ट लोकेशन सेट करने की सुविधा प्रदान करता है यानि यदि आप कोलकाता की लोकेशन्स को ज्यादातर खोजते हैं, तो आप अपना डिफॉल्ट लोकेशन कोलकाता सेट कर सकते हैं।

बस निम्न बातों का ध्यान रखिए:

1. गूगल मैप पर जाइए।
2. गूगल मैप पेज ओपन होते ही आपको बांई ओर "Set default location" लिंक दिखाई देगी, इसपर क्लिक कीजिए।
3. ऐसा करते ही एक टैक्स्ट बॉक्स ओपन हो जाएगा। इस टैक्स्ट बॉक्स में उस लोकेशन का नाम टाइप कीजिए, जिसे आप डिफॉल्ट लोकेशन बनाना चाहते हैं। नाम टाइप करते ही उस लोकेशन से संबंधित अन्य विकल्प भी प्रदर्शित होने लगेंगे। उपयुक्त विकल्प का चयन कीजिए।

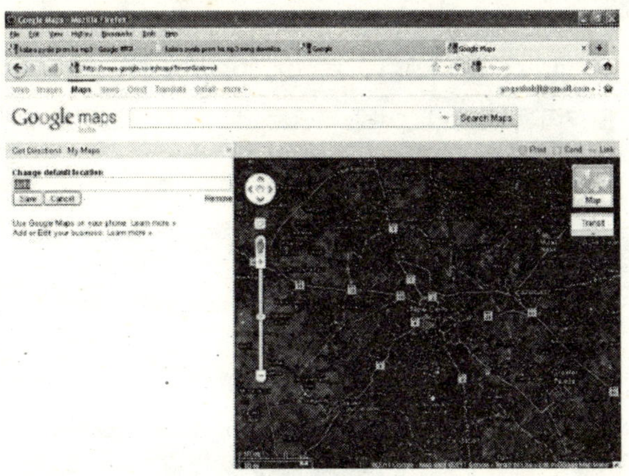

चित्र 6.2:

4. इसके बाद "Save" पर क्लिक कर दीजिए।

ऐसा करते ही वह लोकेशन डिफॉल्ट लोकेशन बन जाएगी। इसके बाद आप जब भी गूगल मैप ओपन करेंगे तो यह लोकेशन ही डिफॉल्ट रूप से ओपन होगी। यदि आप डिफॉल्ट लोकेशन को हटाना चाहते हैं, तो "Set default location" टैक्स्ट बॉक्स के पास दी गई "Remove" लिंक पर क्लिक कीजिए।

अन्य उपयोगी विकल्प (Other Useful Options)

इन सब उपयोगी टूल्स के अतिरिक्त भी गूगल कुछ साधारण लेकिन उपयोगी विकल्प प्रदान करता है, जिनका उपयोग आप अपनी सहूलियत के अनुसार कर सकते हैं। गूगल के ये अन्य विकल्प आपको आपकी खोजी गई लोकेशन से संबंधित कुछ अन्य महत्वपूर्ण जानकारियां प्रदान करते हैं, जैसे फोटो, भौगोलिक सूचना, वीडियो आदि।

गूगल मैप के होमपेज में दांई ओर निम्न विकल्प देख सकते हैं:

Satellite and Earth: सैटेलाइट बटन पर क्लिक करते ही गूगल मैप सैटेलाइट इमेजों को प्रदर्शित करने लगेगा। अर्थ

विकल्प गूगल अर्थ का वेबसाइट संस्करण है लेकिन इस विकल्प के लिए आपको अपने कम्प्यूटर पर गूगल अर्थ इंस्टॉल करने के स्थान पर गूगल अर्थ का ऐड-ऑन इंस्टॉल करना होगा।

Photos: इस विकल्प का चयन करने पर आपको खोजे गए लोकेशन्स से संबंधित चित्र भी दिखाई देंगे।

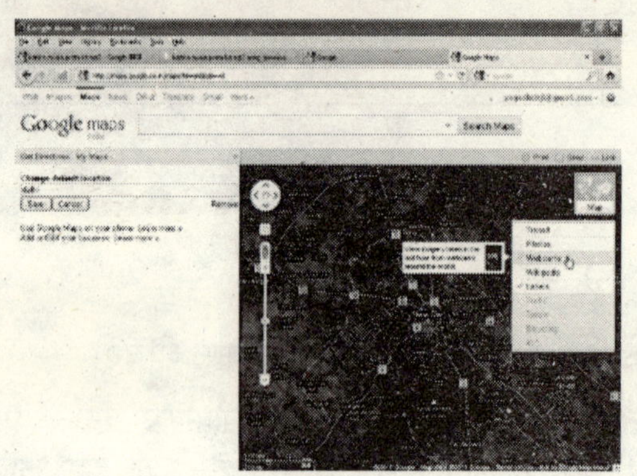

चित्र 6.3:

Terrain: इस विकल्प का चयन करने पर गूगल मैप खोजी गई लोकेशन की भौगोलिक और स्थलाकृतिक सूचना प्रदान करता है।

Webcams: इस विकल्प को सक्रिय करके आप वेबकैम द्वारा लिए गए चित्रों को देख सकते हैं।

Video: इस स्थान का वीडियो प्रदर्शित करता है, जिसके लिए आपके कम्प्यूटर पर फ्लैश प्लेयर इंस्टॉल होना चाहिए।

Wikipedia: इस विकल्प का चयन करने पर गूगल मैप विकीपीडिया में दिये गये आर्टिकल के आधार पर किसी स्थान की सूचना प्रदान करता है।

भाग 4 – गूगल मल्टीमीडिया

अध्याय 7 - चित्रों की दुनिया

- गूगल सर्च इमेज
- चित्रों को खोजें
- उन्नत खोज

अध्याय 8 - वीडियो मनोरंजन

- गूगल के साथ मनोरंजन
- गूगल वीडियो का प्रयोग करना
- यूट्यूब के साथ मनोरंजन
- वीडियो अपलोड करना

अध्याय 7 – चित्रों की दुनिया

गूगल सर्च इमेज (Google Search Image)

वैसे तो गूगल के सभी टूल्स वेब यूजर्स के बीच काफी प्रसिद्ध हैं, लेकिन यदि हम यह कहें कि वेब सर्चिंग के बाद इसका कौन सा टूल सबसे ज्यादा प्रसिद्ध है, तो निश्चित रूप से गूगल इमेज सर्चिंग का ही नाम आएगा, जिसे हम प्राय: गूगल इमेज के नाम से भी पुकारते हैं।

जिस प्रकार गूगल की वेब सर्विस आपकी क्वेरी के आधार पर कोई वेब लिंक खोजता है, उसी प्रकार से गूगल इमेज का काम यूजर द्वारा प्रविष्ट किये गए कीवर्ड के आधार पर संबंधित संभावित इमेजों की एक सूची प्रदर्शित करना, जिसमें से यूजर अपनी इच्छित इमेज का चयन कर सकता है। एक बात आपको पता होनी चाहिए कि गूगल वेब सर्विस और गूगल इमेज सर्विस, दोनों में ही मूलभूत रूप से अंतर है।

गूगल वेब में जब आप कीवर्ड से कुछ खोजते हैं, तो गूगल कीवर्ड से संबंधित वेबपेज को खोजता है, जिसमें टैक्स्ट के साथ ही इमेज भी उपस्थित होती हैं। इसके विपरीत गूगल इमेज दिए गए कीवर्ड के अनुसार मात्र इमेज को ही खोजता है, जिसमें कोई भी टैक्स्ट नहीं होता है। हां, इसके बाद भी गूगल उस इमेज की वेब

लिंक को प्रदर्शित करता है, जिसपर क्लिक करके आप उस पेज पर जा सकते हैं।

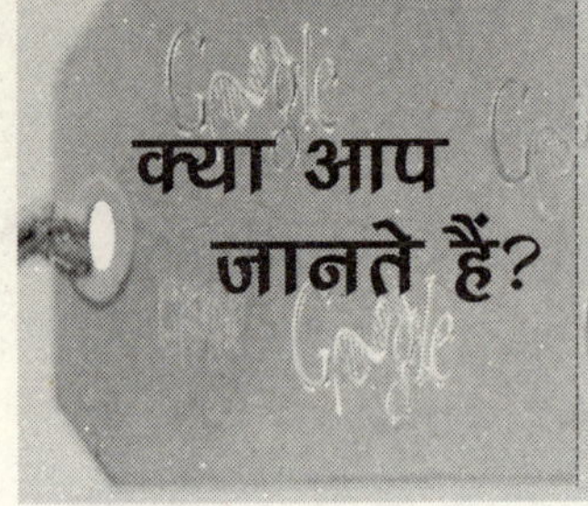

जब पेज और ब्रिन को एक लाख का चेक प्राप्त हुआ, तो वे दो सप्ताह तक उसे कैश ही नहीं करा पाएं क्योंकि यह चेक "Google Inc." के नाम से बनाया गया था और उस समय इसका कोई अस्तित्व था ही नहीं।

चित्रों को खोजें (Searching Images)

ज्यादातर लोगों के लिए गूगल सर्च इमेज में किसी चित्र को खोजना उतना ही सरल है, जितना कि गूगल वेब सर्विस के द्वारा किसी वेबपेज को खोजना। गूगल में आप दो प्रकार से इच्छित चित्र को खोज सकते हैं। पहला है साधारण सर्च और दूसरा है एडवान्स्ड सर्च। गूगल इमेज के जरिए इच्छित इमेज को खोजने के लिए निम्न चरणों का अनुसरण कीजिए:

1. सबसे पहले www.google.com पर लॉगऑन कीजिए और फिर "Images" पर क्लिक कीजिए। या फिर सीधे ही images.google.com पर जाइए।
2. अब ओपन गूगल इमेज पेज में उपस्थित टैक्स्ट बॉक्स में आवश्यकतानुसार कीवर्ड टाइप कीजिए। मान लीजिए कि आप दिल्ली की तस्वीरें खोजना चाहते हैं, तो टैक्स्ट बॉक्स में "Delhi" टाइप करके "Search Images" बटन पर क्लिक कीजिए।
3. ऐसा करते ही चित्रानुसार आपको दिल्ली से संबंधित बहुत से चित्रों के थम्बनेल दिखाई देने लगेंगे। आप जिस भी चित्र को

देखना चाहते हैं या सेव करना चाहते हैं, उसके थम्बनेल पर क्लिक कीजिए। और चित्र देखने के लिए स्क्रॉल का प्रयोग कीजिए। गूगल आपको पेज 18 तक चित्रों के थम्बनेल्स प्रदर्शित करेगा, यदि आप उससे भी आगे चित्रों को खोजना चाहते हैं, तो पेज 18 के बाद दिए गए "Show more results" पर क्लिक कीजिए। ऐसा करने के बाद गूगल इमेज सभी थम्बनेल्स को प्रदर्शित करना आरंभ कर देगा। गूगल कुल कितने पेज प्रदर्शित करता है यह निर्भर करता है कि वह कितने परिणाम खोजता है।

चित्र 7.1:

4. यदि आप इमेज की सर्च को फिल्टर करना चाहते हैं, तो बांई ओर उपस्थित निम्न टूल्स का प्रयोग कीजिए:

   a. आकार: आप किस आकार का चित्र खोजना चाहते हैं, यह चयन करने के लिए गूगल आपको कुल छह विकल्प प्रदान

करता है। यदि आप चाहते हैं तो गूगल किसी भी आकार का चित्र प्रदर्शित करे, तो “Any” का चयन कीजिए, जो कि डिफॉल्ट रूप से पहले से ही चयनित होता है। यदि आप बड़ा, मध्यम या छोटे आकार का चित्र खोजना चाहते हैं, तो क्रमशः “Large”, “Medium” या “Icon” का चयन कीजिए। किसी निश्चित पिक्सेल से बड़े आकार का चित्र खोजने के लिए “Larger than...” पर क्लिक कीजिए और ओपन ड्रॉप-डाउन लिस्ट से उपयुक्त पिक्सेल का चयन कीजिए और यदि किसी निश्चित पिक्सेल की इमेज ही खोजना चाहते हैं तो “Exactly...” पर क्लिक कीजिए और दिए गए टैक्स्ट बॉक्सों में चित्र की लंबाई और चौड़ाई को निर्दिष्ट कीजिए।

b. प्रकारः आप यह निर्दिष्ट कर सकते हैं कि आप किस प्रकार का चित्र देखना चाहते हैं। जैसे “Face” का चयन करने पर आपको केवल चेहरे ही दिखाई देंगे, “Photo” का चयन करने पर केवल फोटोग्राफिक इमेज ही प्रदर्शित होंगी, “Clip art” का प्रयोग करके आप क्लिप आर्ट इमेजों को फिल्टर कर सकते हैं और रेखा चित्र प्रकार के चित्रों को देखने के लिए “Line Drawings” पर क्लिक कीजिए।

c. रंगः डिफॉल्ट रूप से “Any color” चयनित होता है, जिसका अर्थ है किसी भी रंग का। लेकिन यदि आप केवल रंगीन चित्र देखना चाहते हैं, तो “Full color” पर क्लिक कीजिए और ब्लैक एंड व्हाइट इमेज देखने के

लिए “Black and white” पर क्लिक कीजिए। इनके अतिरिक्त आपको कुछ रंगों को आइकॉन भी दिखाई देंगे, यदि आप यह चाहते हैं कि गूगल केवल चयनित रंग के चित्रों को ही प्रदर्शित करे, तो इनमें से किसी भी आइकॉन पर क्लिक कीजिए।

चित्र 7.2:

5. अब इच्छित इमेज पर क्लिक कीजिए। ऐसा करते ही वह इमेज प्रदर्शित होने लगेगी और इमेज की दांई ओर आपको उस इमेज की वेबलिंक दिखाई देने लगेगी। यदि आप उस वेबपेज पर जाना चाहते हैं तो “Website for this image” पर क्लिक कीजिए और यदि आपको इमेज पूरे आकार में देखना है, तो “Full-size image” लिंक पर क्लिक कीजिए। आपका चित्र प्रदर्शित होने लगेगा। अब आप दांया-क्लिक करके चित्र को सेव कर सकते हैं।

उन्नत खोज (Advanced Searching)

वर्ल्ड वाइड वेब में मौजूद खरबों चित्रों में से किसी एक विशिष्ट चित्र को खोजना भूसे के ढेर में सुई खोजने जैसा है, लेकिन तभी यदि आप गूगल इमेज सर्च के बारे में कुछ भी न जानते हों। गूगल वेब सर्विस के उन्नत सर्च टूल्स की ही तरह गूगल इमेज भी आपको अपनी इमेज सर्चिंग को और भी उन्नत करने का अवसर प्रदान करता है।

यदि आप कुछ कड़े मापदंडों के तहत किसी इमेज की खोज करना चाहते हैं, तो गूगल इमेज सर्च की उन्नत सर्चिंग एक बेहतरीन विकल्प है, जिसके आधार पर आप फोटो, क्लिपआर्ट, चौड़ी इमेज, चौकोर इमेज, एसवीजी या पीएनजी इमेज या किसी निश्चित वेबसाइट के अंदर चित्रों को ढूढ़ सकते हैं। आप गूगल के एडवान्स्ड इमेज सर्च विकल्प से निम्न प्रकार से इच्छित इमेज को खोज सकते हैं:

1. सबसे पहले गूगल इमेज सर्च पेज पर जाइए और फिर "Advanced Image Search" पर क्लिक कीजिए। ऐसा करते ही गूगल का एडवान्स्ड इमेज सर्च विकल्प ओपन हो जाएगा। इस पेज पर आपको निम्न विकल्प प्राप्त होंगे:

    a. Related to **all** of the words: इस टैक्स्ट बॉक्स में आप यह निर्दिष्ट कर सकते हैं कि गूगल किन-किन शब्दों के अनुसार इमेज की सर्चिंग करे। उदाहरण के लिए, यदि आपने इसमें ताजमहल और दिल्ली टाइप किया है, तो गूगल वे इमेज खोजेगा, जो कि ताजमहल और दिल्ली से संबंधित हैं।

    b. Related to the **exact phrase**: इस टैक्स्ट बॉक्स में इच्छित वाक्य टाइप करने पर गूगल केवल वे ही इमेज खोजेगा, जिनमें ये शब्द उचित क्रम में हैं।

c. Related to **any** of the words: इस खंड में दिए गए किसी भी शब्द के आधार पर गूगल इमेज को खोजेगा।

d. Not related to the words: इस टैक्स्ट में किसी भी शब्द को निर्दिष्ट करने का अर्थ है वे इमेज प्रदर्शित न करना जिनमें निर्दिष्ट किये गये शब्द उपस्थित है। जैसे, यदि आप ताजमहल के बारे में खोज रहे हैं लेकिन यदि आपने इस टैक्स्ट बॉक्स में शाहजहां निर्दिष्ट कर दिया, तो गूगल ताजमहल से संबंधित वे इमेज प्रदर्शित नहीं करेगा, जिनमें शाहजहां शब्द उपस्थित हो।

e. Return images that contain: इस खंड में आपको 5 रेडियो बटन्स प्राप्त होंगे। ये सभी रेडियो बटन्स के विकल्प सामान्य सर्चिंग के प्रकार (Type) विकल्पों की तरह कार्य करते हैं।

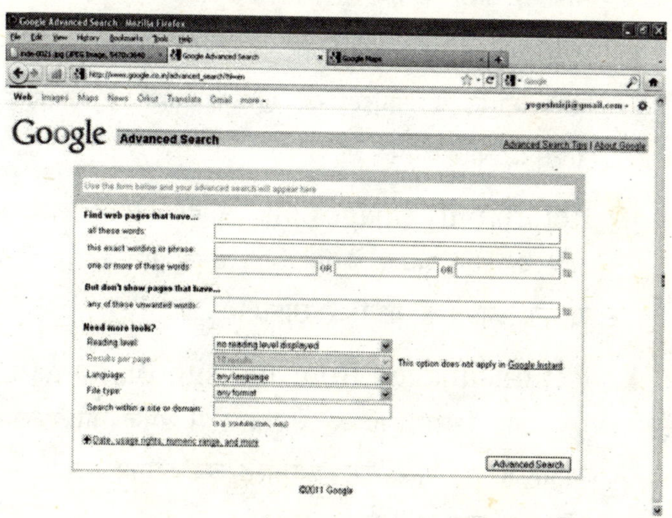

चित्र 7.3:

f. Return images that are: इस ड्रॉप डाउन से आप यह चयन कर सकते हैं कि आपको किस आकार का बड़ा, मध्यम, छोटा या किसी निश्चित पिक्सेल से बड़ा जैसे 2 एमपी से 70 एमपी तक।

g. Return images exactly the size: यदि आप किसी निश्चित आकार की इमेज को ही खोज रहे हैं तो इस खंड में दिए गए दोनों टैक्स्ट बॉक्सों में इमेज की लंबाई और चौड़ाई प्रविष्ट कीजिए। अगर आप चाहते हैं कि गूगल आपके डेस्कटॉप के आकार का प्रयोग करे तो "Use my desktop size" पर क्लिक कीजिए।

h. Return images with an aspect ratio that is: इस ड्रॉप डाउन लिस्ट के जरिए आप चित्र के अनुपात का चयन कर सकते हैं कि आपको लंबा चित्र चाहिए या चौकोर, चौड़ा चाहिए या फिर पैनोरेमिक।

i. Return only image files formatted as: आप किस फॉर्मेट की फाइल को खोजना चाहते हैं, जेपीईजी, बीएमपी, जीआइएफ आदि।

j. Return only images in: इस ड्रॉप डाउन लिस्ट से आप यह चुन सकते हैं कि आप ब्लैक एंड व्हाइट चित्र खोजना चाहते हैं या फिर रंगीन।

k. Return images from the site or domain: यदि आप किसी निश्चित वेबसाइट में इमेज को खोजना चाहते हैं तो फिर उस वेबसाइट का डोमेन इस टैक्स्ट बॉक्स में पेस्ट कीजिए।

l. Return images that are: इस ड्रॉप डाउन लिस्ट के जरिए आप गूगल को यह निर्देश दे सकते हैं कि वह किसी प्रकार की इमेज खोजे, जिसका सार्वजनिक या व्यवसायिक उपयोग हो सकता हो या फिर जिसका संशोधन किया जा सकता है या फिर कोई भी लाइसेंस फिल्टर न करे।

m. SafeSearch: सेफसर्च रेडियो बटन्स के द्वारा खोजी जा रही इमेजों के परिणामों में किसी आपत्तिजनक घटक को आने से रोक सकते हैं।

2. आवश्कतानुसार उपरोक्त टूल्स का प्रयोग करने के बाद ऊपर दी गई "Google Search" बटन पर क्लिक कीजिए।

अध्याय 8 – वीडियो मनोरंजन

गूगल के साथ मनोरंजन (Entertainment with Google)

एक दिन आपने कोई पुरानी सुपरहिट फिल्म देखी और आपको वह फिर देखनी है, लेकिन समस्या यह है कि आपके शहर में उस फिल्म की डीवीडी नहीं मिल रही, तो क्या करें? घर में क्रिकेट चल रहा था इसलिए आप अपना पसंदीदा टेलीविजन कार्यक्रम नहीं देख पाए अब क्या करें? यदि आप इंटरनेट के जानकार हैं तो आपका उत्तर होगा कि वीडियो शेयरिंग वेबसाइट्स का प्रयोग कर लेंगे। लेकिन यहां पर भी एक प्रश्न उठता है कि आपको यह कैसे पता चलेगा कि कौन सी वीडियो किस वीडियो होस्टिंग वेबसाइट में अपलोड हो गई है। पिछले कुछ ही वर्षों में इंटरनेट में वीडियो वेबसाइट्स ने एक अच्छा खासा यूजर वर्ग बना लिया है, जिस कारण से अब वर्ल्ड वाइड वेब पर सैकड़ो वीडियो होस्टिंग वेबसाइट्स मौजूद हैं। गूगल ऐसी समस्याओं से निपटने में भी आपकी सहायता करता है।

वीडियो से संबंधित क्वेरीज़ का निवारण करने के लिए गूगल अपने वीडियो टूल का प्रयोग करता है, जिसे गूगल वीडियो कहते हैं। गूगल वेब और इमेज सर्च इंजिन की तरह ही गूगल वीडियो

भी एक वीडियो सर्च इंजिन है, जिसे उसने सन् 2005 में लाँच किया था।

गूगल वीडियो सर्विस आरंभ में अपने यूजर्स को वीडियो से संबंधित कई सुविधाएं प्रदान करती थी, जैसे वीडियो अपलोड करना या डाउनलोड करना। गूगल वीडियो में कुछ वीडियोज़ को वैसे तो निःशुल्क डाउनलोड किया जा सकता था लेकिन अन्य को देखने के लिए उसे खरीदना आवश्यक होता था लेकिन 2007 में गूगल ने वीडियोज़ डाउनलोडिंग और 2009 में वीडियो अपलोडिंग की सुविधा को समाप्त कर दिया। हालांकि गूगल वेब सर्वर द्वारा होस्ट की जा रही वीडियोज़ को भी पहले ऑनलाइन भी प्ले किया जा सकता था, लेकिन 15 अप्रैल 2011 को गूगल ने यह घोषणा की, कि 29 अप्रैल 2011 के बाद से वह होस्ट की जा रही किसी भी वीडियो फाइल का प्लेबैक प्रदान नहीं करेगा। हालांकि इसके स्थान पर उस फाइल को अब यूट्यूब पर अपलोड करके देखा जा सकता है।

खैर, भले ही गूगल वीडियो अब सीधे वीडियो अपलोडिंग प्रदान न करता हो, लेकिन फिर भी विभिन्न वीडियो शेयरिंग वेबसाइट्स के बीच किसी वीडियो फाइल को खोजने का यह अब भी एक बेहतरीन माध्यम है।

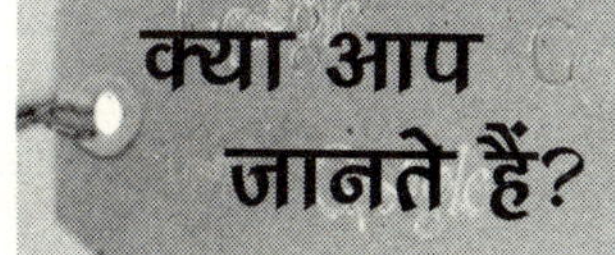

गूगल के पास साढ़े चार लाख से भी ज्यादा सर्वर हैं।

गूगल वीडियो का प्रयोग करना (Using Google Video)

गूगल वीडियो के द्वारा वर्ल्ड वाइड वेब में किसी वीडियो को खोजना ठीक उतना ही सरल है जितना कि गूगल की वेब सर्विस

से वेबपेजों को या इमेज सर्विस के द्वारा चित्रों को खोजना। गूगल वीडियो का प्रयोग आप निम्न प्रकार से कर सकते हैं:

1. सबसे पहले गूगल डॉट कॉम पर जाइए और फिर "Videos" विकल्प पर क्लिक कीजिए या फिर सीधे video.google.com पर जाइए।
2. अब गूगल वीडियो सर्च इंजिन ओपन हो जाएगा। दिए गए टैक्स्ट बॉक्स में अपनी क्वेरी टाइप कीजिए और "Search Videos" पर क्लिक कीजिए या "Enter" कुंजी दबाइए।
3. ऐसा करते ही आपकी कम्प्यूटर स्क्रीन पर आपको क्वेरी से संबंधित वीडियो थम्बनेल्स दिखाई देने लगेंगे। खोजे गए परिणाम से इच्छित परिणाम को फिल्टर करने के लिए आप पेज के बांई ओर दिए गए इन टूल्स का प्रयोग कर सकते हैं:

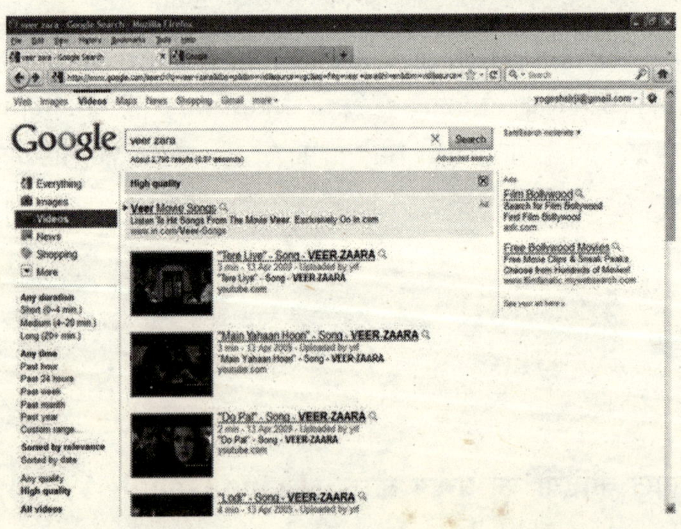

चित्र 8.1:

a. लंबाई: लंबाई से तात्पर्य वीडियो प्लेबैक के समय से हैं। डिफॉल्ट रूप से गूगल "Any Duration" का चयन करता है, जिसका अर्थ है कि गूगल कितनी ही लंबा वीडियो को प्रदर्शित कर सकता है। एक सेकंड से चार मिनट तक का वीडियो देखने के लिए "Short (0-4 min)" का चयन कीजिए। "Medium (4-20 min)" का चयन करने पर गूगल केवल उन वीडियोज़ के थम्बनेल प्रदर्शित करेगा जिनकी लंबाई 4 मिनट से 20 मिनट के बीच है। यदि आप 20 मिनट से लंबा वीडियो देखना चाहते हैं, तो "Long (20 + min)" पर क्लिक कीजिए।

b. समय: समय से तात्पर्य उस समय से है, जब वीडियो को वेबसाइट के सर्वर पर अपलोड किया गया था। हाल ही में अपलोड किए गए वीडियो के लिए "Latest" पर क्लिक कीजिए। पिछले 24 घंटे के लिए "Past 24 Hours", पिछले सप्ताह, माह या वर्ष के लिए क्रमशः "Past week", "Past month" या "Past year" पर क्लिक कीजिए। अगर आप किसी निश्चित समयांतराल के बीच के परिणाम को खोजना चाहते हैं, तो "Custom range" पर क्लिक करके दोनों दिनांकों को निर्दिष्ट कीजिए। जैसे, यदि आप चाहते हैं कि गूगल मात्र उन वीडियोज़ को प्रदर्शित करे, जिन्हें 1 अप्रैल 2010 से 30 अप्रैल 2010 के बीच अपलोड किया गया हो, तो इसका प्रयोग करके आप ऐसा कर सकते हैं।

c. प्रायिकता: यदि आप चाहते हैं कि गूगल क्वेरी की प्रायिकता के आधार पर वीडियों की सॉर्टिंग करे तो

"Sorted by Relevance" पर क्लिक कीजिए तथा "Sorted by date" का चयन करने पर सभी वीडियो दिनांक के आधार पर क्रमबद्ध होंगे।

d. गुणवत्ता: आप वीडियो को उनकी गुणवत्ता के आधार पर भी फिल्टर कर सकते हैं। डिफॉल्ट रूप से "Any Quality" चयनित होता है जिसका अर्थ है कि गूगल सभी गुणवत्ताओं वाले वीडियोज़ को प्रदर्शित करेगा। यदि आप उच्च गुणवत्ता वाले वीडियोज़ देखना चाहते हैं, तो "High quality" का चयन कीजिए।

e. वीडियो स्रोत: गूगल किन-किन वीडियो वेबसाइट्स की वीडियोज़ प्रदर्शित कर रहा है, यह सबसे निचली सूची में दिया होता है। अगर आप किसी निश्चित वेबसाइट के वीडियो थम्बनेल की देखना चाहते हैं, तो उस वेबसाइट की लिंक पर क्लिक कीजिए। उदाहरण के लिए, यदि आप चाहते हैं कि गूगल मात्र यूट्यूब के वीडियोज़ ही प्रदर्शित करे तो "youtube.com" पर क्लिक कर दीजिए।

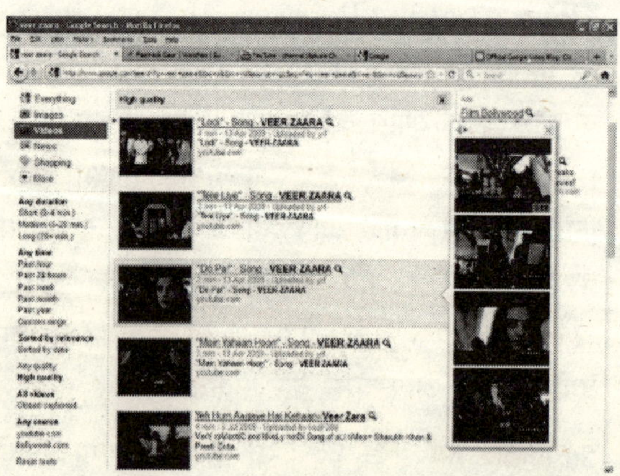

चित्र 8.2:

4. उपयुक्त फिल्टरिंग के बाद आप इच्छित वीडियो पर क्लिक करके उसे देख सकते हैं। जब आप किसी भी वीडियो थम्बनेल पर माउस कर्सर ले जाएंगे, तो गूगल वीडियो का एक प्रीव्यू दिखाएगा जिससे आप यह अंदाजा लगा सकते हैं कि उस वीडियो में क्या है।

यूट्यूब के साथ मनोरंजन (Entertainment with Youtube)

कुछ समय पहले की बात है। मेरे घर में पूजा आयोजित की गई थी और पंडित जी ने कहा था कि मुझे शास्त्रीय नियमों के अनुसार धोती बांधनी होगी। मैंने भी हां कह दिया, लेकिन यहां एक समस्या थी कि मुझे तो क्या मेरे घर में भी किसी को धोती बांधना नहीं आता था। फिर इस समस्या का समस्या गुरू गूगल ने किया। यूट्यूब में मुझे इससे संबंधित कई वीडियोज़ प्राप्त हुए जिन्होंने मेरी इस समस्या को हल किया। कहने का तात्पर्य मात्र इतना है कि गूगल की यूट्यूब वेबसाइट हमें हमारी रोजाना जिंदगी में कई प्रकार से सहायता तो करती है साथ ही साथ यह विभिन्न वीडियो फाइल्स के जरिए हमारा मनोरंजन भी करता है।

यूट्यूब अपने यूजर्स को कई सुविधाएं प्रदान करता है, जैसे कि:

- यदि आपके कम्प्यूटर पर एडॉब फ्लैश प्लेअर इंस्टॉल है, तो किसी भी समस्या के बिना कोई भी यूट्यूब वीडियो फाइल देख सकते हैं।
- आप अपनी खुद की या किसी अन्य यूजर द्वारा अपलोड की गई वीडियो फाइल्स का चयन करके एक प्लेलिस्ट का निर्माण कर सकते हैं, ताकि जब भी आपका मन हो तो आप उसे देख सकें।

- आप अपने दोस्तों या किसी अन्य यूजर की वीडियोज़ पर कमेंट्स भी दे सकते हैं।
- यूट्यूब कई वीडियो फाइल फॉर्मेट्स का समर्थन करता है। आप फाइल फॉर्मेट के रूप में .avi, .mkv, .mov, .mp4, .flv आदि का प्रयोग कर सकते हैं।
- आप अपना मनोरंजन करने के अतिरिक्त एक वैध यूट्यूब पार्टनर के रूप में भी कार्य कर सकते हैं और घर बैठे अच्छे-खासे पैसे भी कमा सकते हैं।

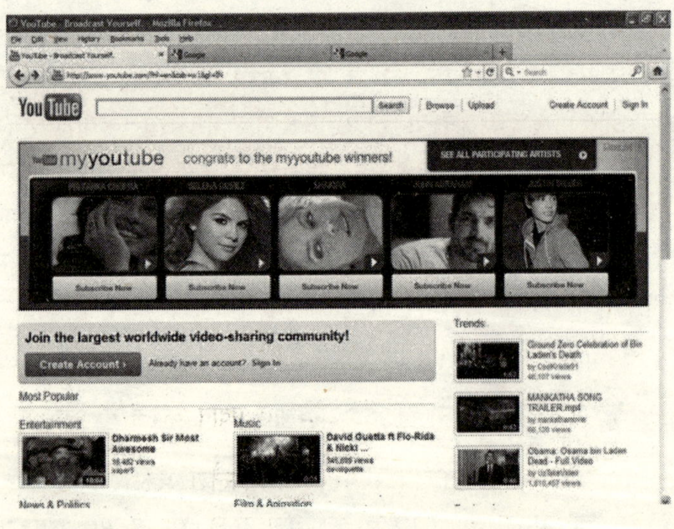

चित्र 8.3:

यूट्यूब में किसी वीडियो को खोजना और देखना गूगल वीडियो में वीडियो खोजना जितना ही आसान है। बस www.youtube.com पर लॉगऑन कीजिए और फिर दिए गए सर्च इंजिन के टैक्स्ट बॉक्स में संबंधित क्वेरी खोजिए।

वीडियो अपलोड करना (Uploading Videos in Youtube)

यूट्यूब में वीडियो को अपलोड करने के लिए निम्न चरणों का अनुसरण कीजिए:

1. सबसे पहले यूट्यूब होमपेज पर लॉगऑन कीजिए।
2. सर्च टैक्स्ट बॉक्स के दांई ओर दिए गए "Upload" लिंक पर क्लिक कीजिए। इसके बाद अपने गूगल अकाउंट से यूट्यूब में साइन-इन कीजिए।
3. ऐसा करते ही चित्रानुसार यूट्यूब "Video File Upload" पेज प्रदर्शित करेगा। अपने कम्प्यूटर से वीडियो फाइल को अपलोड करने के लिए "Upload Video" पर क्लिक कीजिए।

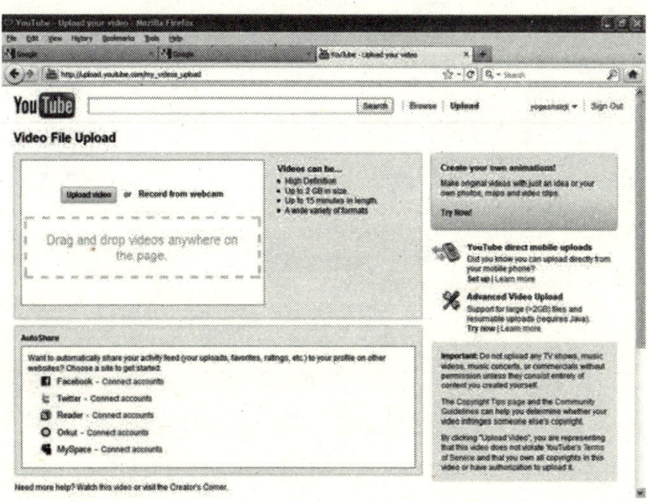

चित्र 8.4:

4. ऐसा करते ही "File Upload" डायलॉग बॉक्स ओपन हो जाएगा। इस बॉक्स से उपयुक्त वीडियो का चयन कीजिए और फिर "Open" पर क्लिक कीजिए। फाइल को अपलोड करते समय आपको एक बात का ध्यान रखना चाहिए की वीडियो की लंबाई 15 मिनट से ज्यादा न हो और आकार 2 जीबी से ज्यादा न हो।

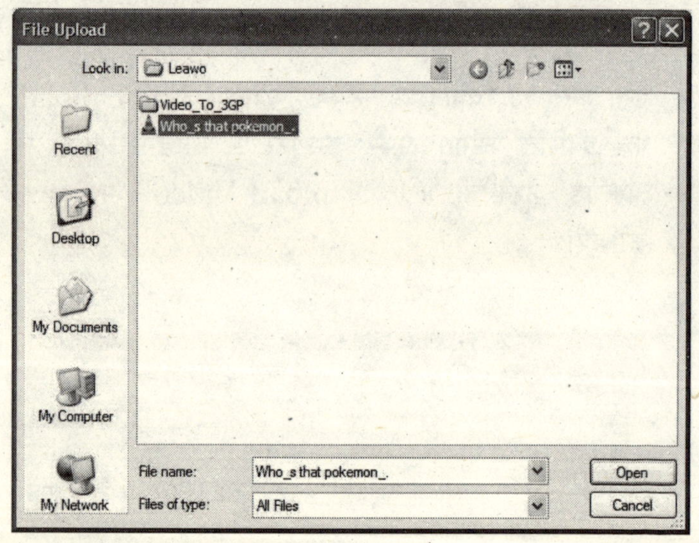

चित्र 8.5:

5. ऐसा करते ही वीडियो अपलोड होना आरंभ हो जाएगी। वीडियो अपलोड होने के बाद आप वीडियो से संबंधित सूचनाएं भी प्रविष्ट कर सकते हैं। जैसे, "Title" में वीडियो का शीर्षक टाइप कीजिए, "description" में वीडियो से

संबंधित वर्णन दीजिए, "Tags" में वे कीवर्ड्स टाइप कीजिए जिनके आधार पर कोई यूजर इस वीडियो को खोज सकता है। "Category" ड्राप-डाउन लिस्ट से वीडियो के लिए उपयुक्त वर्ग का चयन कीजिए और "Privacy" से आप निर्धारित कर सकते हैं कि कौन-कौन इस वीडियो को देख सकता है।

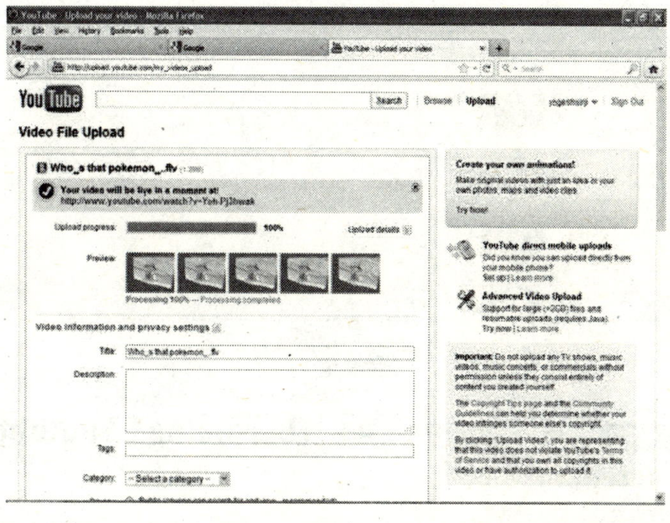

चित्र 8.6:

6. "Save Changes" पर क्लिक करके वीडियो को सेव कीजिए। इसके पश्चात आप जब भी अपना वीडियो देखना चाहें, तो उसके लिंक पर क्लिक कीजिए या फिर यूट्यूब पर

साइन-इन करने के बाद अपने यूजरनेम पर क्लिक "My Videos" का चयन कीजिए। ऐसा करते ही चित्रानुसार आपकी सभी वीडियोज़ की एक लिस्ट प्रदर्शित होने लगेगी। उपयुक्त वीडियो पर क्लिक कीजिए।

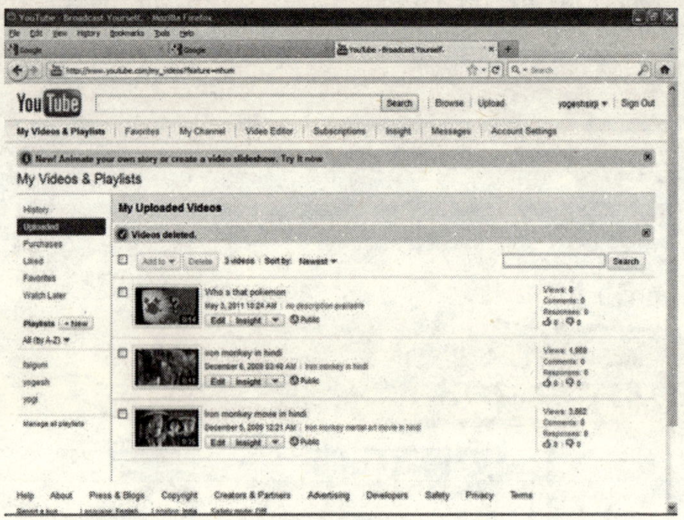

चित्र 8.7:

यूट्यूब के पार्टनर बनें (Becoming Youtube Partener)

कई बार कुछ लोग सोचते हैं कि यूट्यूब में बिना वजह वीडियोज़ अपलोड करना केवल समय की बर्बादी है, लेकिन ऐसा नहीं है। यूट्यूब की सहायता से आप न केवल अपनी वीडियोज़ का साझा अपने मित्रों के साथ कर सकते हैं बल्कि यूट्यूब के वैध वीडियो पार्टनर बनकर एक अच्छी खासी आय का स्रोत भी खोज सकते हैं।

जब आप एक वैध यूट्यूब पार्टनर बनते हैं, तो यूट्यूब आपकी वीडियोज़ के साथ विज्ञापन को भी ब्रॉडकास्ट करता है और यूजर

को उस विज्ञापन के रेवेन्यू में पार्टनरशिप देता है। यानि कि आप इसके द्वारा कितना पैसा कमा सकते हैं यह इस बात पर निर्भर करता है कि कितने यूजर्स आपकी वीडियो देख रहे हैं।

यूट्यूब का वीडियो पार्टनर बनने के लिए आप निम्न प्रकार से अपना आवेदन जमा कर सकते हैं:

1. यूट्यूब पर लॉगऑन कीजिए और फिर पेज को नीचे स्क्रॉल कीजिए। दी गई लिंक "Creators and Parteners" पर क्लिक कीजिए।

चित्र 8.8:

2. ऐसा करते ही "Creators' Corner" पेज ओपन हो जाएगा। इस पेज में आपको वीडियो अपलोडिंग से संबंधित

कई जानकारियां प्राप्त होंगी। यहां बांई ओर दी गई लिस्ट में "Benefits & Qualifications" पर क्लिक कीजिए।

3. चित्रानुसार ओपन पेज में आपको यूट्यूब पार्टनर बनने से संबंधित आपके सभी प्रश्नों के उत्तर मिलेंगे। इस पेज में "Apply Now" पर क्लिक कीजिए। ऐसा करते ही एक अन्य पेज ओपन हो जाएगा, जिसमें "Apply Now" पर पुन: क्लिक कीजिए।

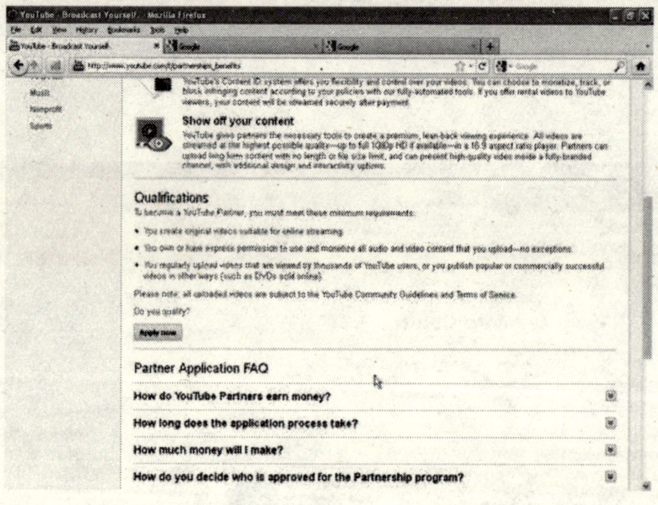

चित्र 8.9:

4. अब यूट्यूब पर साइन-इन कीजिए और फिर "Apply Now" पर क्लिक कर दीजिए। आपका आवेदन यूट्यूब को प्रेषित हो जाएगा।

भाग 5 – जरूरत से कुछ ज्यादा

अध्याय 9- अन्य भाषाओं में अनुवादन

- अनुवादन को और भी सरल करें
- गूगल ट्राँसलेट का प्रयोग करना
- गूगल ट्राँसलेट टूलकिट

अध्याय 10- अन्य प्रमुख सेवाएं

- गूगल डेस्कटॉप
- इवेंट्स को प्रबंधित करना

अध्याय 11: गूगल के साथ व्यापार बढ़ाएं

- गूगल के साथ व्यापार
- अपनी वेबसाइट पर प्रचार करें
- एडसेंस से जुड़ना
- अपनी वेबसाइट का प्रचार करें

अध्याय 9 – अन्य भाषाओं में अनुवादन

अनुवादन को और भी सरल करें (Translation made easier)

जैसा कि हम सभी जानते हैं कि इंटरनेट में कई भाषाओं में वेबसाइट्स मौजूद हैं। लेकिन हमसे सभी भाषाएं बनती हों, यह तो संभव नहीं है। तो क्या हम ऐसी वेबसाइट्स को देखें ही न जो किसी अन्य भाषा में है। हमें इस प्रकार की समस्याओं का सामना न करना पड़े, इसके लिए गूगल ने गूगल ट्राँसलेट की सुविधा प्रदान की है।

गूगल ट्राँसलेट एक मशीन ट्राँसलेशन सुविधा है, जिसका प्रयोग किसी टैक्स्ट, डॉक्यूमेंट या फिर वेबपेज का किसी एक भाषा से दूसरी भाषा में अनुवाद करने के लिए किया जाता है। गूगल ट्राँसलेट का प्रयोग करके आप कुल 58 भाषाओं का अनुवादन कर सकते हैं। लगभग सभी मशीन ट्राँसलेशन सेवाओं की तरह गूगल ट्राँसलेट भी व्याकरण के नियमों का पालन नहीं करता है अर्थात् यदि आप अंग्रेजी में इसमें “May I have your attention please” टाइप करते हैं, तो यह इसका अनुवादन ''मैं हो सकता है आपका ध्यान कृपया'' प्रदर्शित करेगा न कि कृपया ध्यान दीजिए। फिर भी यह एक काफी अच्छा टूल है क्योंकि यह काफी

हद तक यह समझाता है कि किसी टैक्स्ट, डॉक्यूमेंट या वेबपेज का अर्थ क्या हो सकता है।

गूगल ट्राँसलेट का प्रयोग करना (Using Google Translate)

गूगल ट्राँसलेट का प्रयोग करके आप तीन प्रकार से अनुवादन कार्य कर सकते हैं।

टैक्स्ट का अनुवादन करना (Translating Text)

1. http://translate.google.co.in पर लॉगऑन कीजिए। ऐसा करते ही चित्रानुसार गूगल ट्राँसलेट पेज ओपन हो जाएगा।

2. इस पेज में आपको दो लैंग्वेज विकल्प मिलेंगे। पहले विकल्प पर क्लिक करते ही भाषाओं की एक लिस्ट प्रदर्शित होने लगेगी। इसमें उस भाषा का चयन कीजिए, जिसमें आपका स्रोत टैक्स्ट है। दूसरी सूची में उस भाषा का चयन कीजिए जिसमें आप टैक्स्ट का अनुवादन करना चाहते हैं।

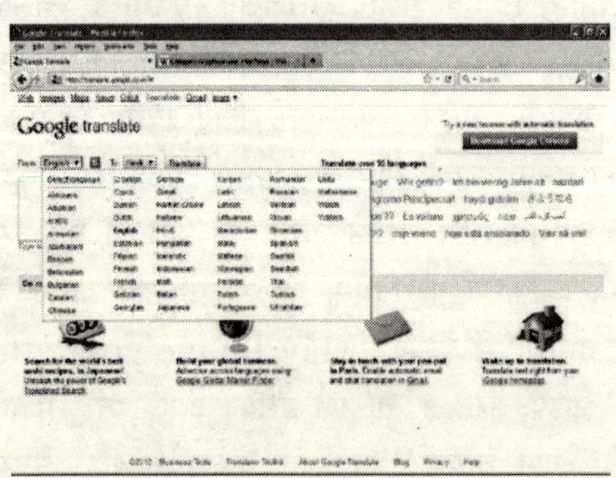

चित्र 9.1:

3. अब दिए गए टैक्स्ट बॉक्स में वह टैक्स्ट टाइप कीजिए, जिसका अनुवादन आप करना चाहते हैं। ऐसा करते ही आपको ट्राँसलेट किया गया टैक्स्ट चित्रानुसार दांई ओर दिखाई देने लगेगा।

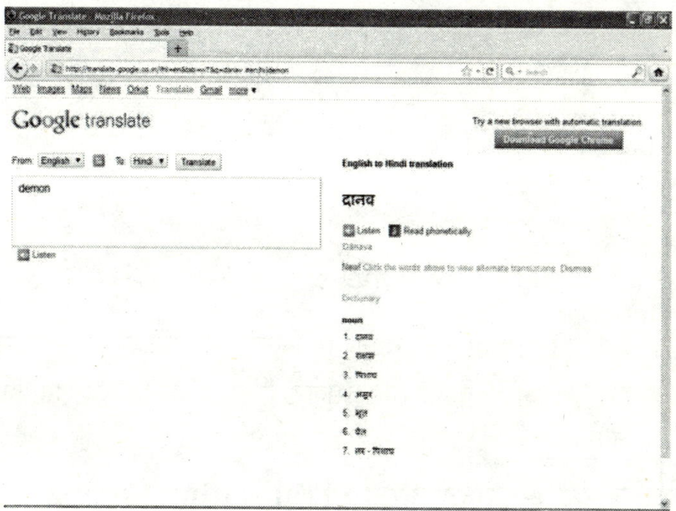

चित्र 9.2:

डॉक्यूमेंट का अनुवादन करना (Translating Documents)

1. गूगल ट्राँसलेट पेज पर जाइए और टैक्स्ट बॉक्स के नीचे दी गई "translate a document" लिंक पर क्लिक कीजिए।
2. ऐसा करते ही ब्राउज विंडो ओपन हो जाएगी। इसमें "Browse" बटन पर क्लिक कीजिए। इस बटन पर क्लिक कीजिए और ओपन डायलॉग बॉक्स से अपनी फाइल का चयन कीजिए।

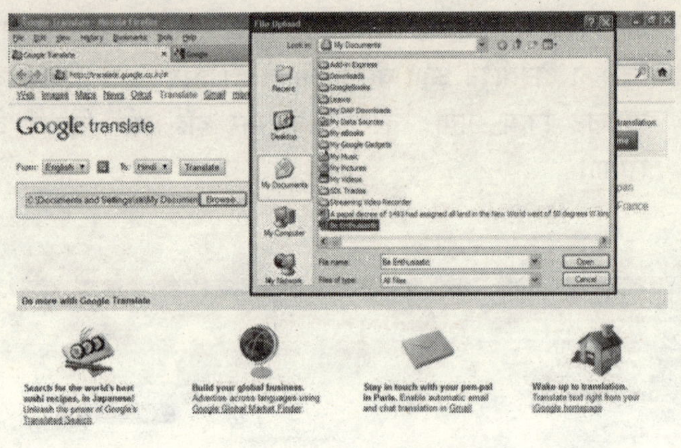

चित्र 9.3:

3. अब "Translate" बटन पर क्लिक कर दीजिए। ऐसा करते ही एक अन्य विन्डो में ट्राँसलेट हुआ डॉक्यूमेंट प्रदर्शित होने लगेगा।

वेबपेज का अनुवादन करना (Translating Webpage)

1. सबसे पहले तो गूगल ट्राँसलेट पर लॉगऑन कीजिए। अब टैक्स्ट बॉक्स में उस वेबपेज की लिंक को कॉपी कीजिए, जिसे आप ट्राँसलेट करना चाहते हैं। लिंक को पेस्ट करते ही दांई ओर आपको वही लिंक पुनः दिखाई देगी। इसपर क्लिक कीजिए।

2. ऐसा करते ही ट्राँसलेट किया हुआ वेबपेज प्रदर्शित होने लगेगा, जिसके ऊपर आपको गूगल ट्राँसलेट टूल दिखाई देगा। यदि आप इस वेबपेज को किसी अन्य भाषा में ट्राँसलेट करना चाहते हैं, तो लिस्ट से उपयुक्त भाषा का चयन कीजिए।

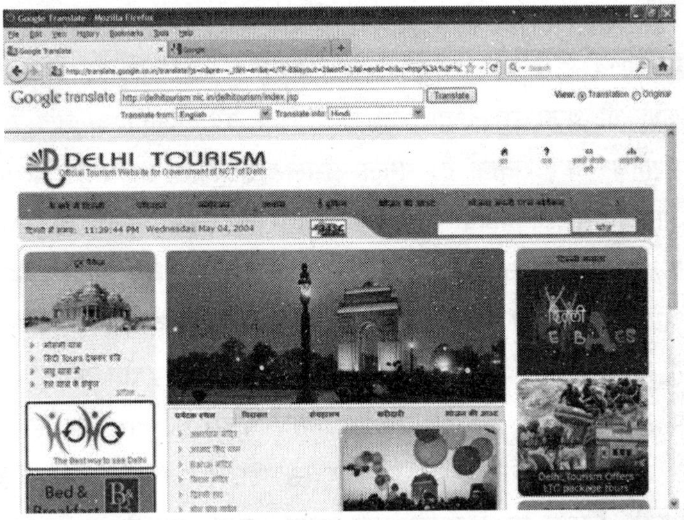

चित्र 9.4:

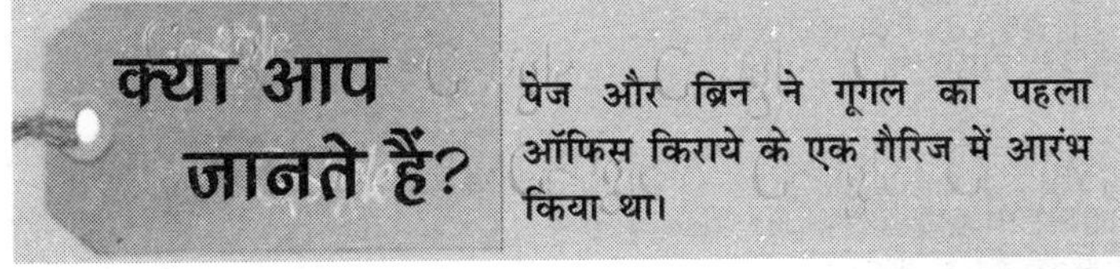

गूगल ट्राँसलेट टूलकिट (Google Translate Toolkit)

गूगल ट्राँसलेट द्वारा किया गया ट्राँसलेशन प्राय: गलत साबित होता है क्योंकि यह एक मशीनी अनुवाद है, जो व्याकरण के नियमों का अनुसरण नहीं करता है बल्कि शब्द के संभावित अनुवाद पर जोर देता है। लेकिन फिर भी यह कुछ उपयोगी सिद्ध होता है क्योंकि यह यूजर्स को अनुवाद का एक प्रारूप समझा देता है।

ऐसी समस्याओं में यूजर्स की सहायता करने के लिये गूगल एक वेब ट्राँसलेशन सर्विस प्रदान करता है, जिसकी सहायता से कोई भी यूजर गूगल द्वारा ट्राँसलेट किये गये मशीनी अनुवाद को संशोधित कर सकता है। गूगल ट्राँसलेट टूलकिट का प्रयोग करके आप किसी अनुवादन फाइल का साझा कई अन्य यूजर्स के साथ कर सकते हैं। उदाहरण के लिये, मान लीजिये कि आपके पास अंग्रेजी भाषा की कोई फाइल है, जिसका अनुवाद आपको हिन्दी में करना है। तो आप गूगल ट्राँसलेट टूलकिट का प्रयोग करके इस फाइल का साझा एक या एक से ज्यादा यूजर्स के साथ कर सकते हैं और ऐसा करने पर वे सभी यूजर्स फाइल की प्रगति को देख पाएंगे, जिनके साथ फाइल का साझा किया गया है। यानि यदि आपने किसी फाइल का साझा तीन व्यक्तियों के साथ किया है, तो तीनों ही यूजर्स यह देख पाएंगे कि अन्य दो यूजर्स ने अपने भाग का क्या अनुवादन किया है।

आप गूगल ट्राँसलेट टूलकिट में किसी फाइल, वेबपेज, विकीपीडिया लेख या गूगल नॉल (Google Knol) लेख का अनुवादन कर सकते हैं। फाइल के रूप में यह वर्ड डॉक्यूमेंट, टैक्स्ट फॉर्मेट, एचटीएमएल, ओपनडॉक्यूमेंट आदि का समर्थन करता है।

यदि आप भी गूगल ट्राँसलेट टूलकिट का प्रयोग करना चाहते हैं, तो बस निम्न चरणों का अनुसरण कीजिये:

1. सबसे पहले http://translate.google.com/toolkit पर लॉगऑन कीजिये। अपने यूजरनेम और पासवर्ड से लॉगइन करने के बाद आप चित्रानुसार टूलकिट पेज पर पहुंच जाएंगे।

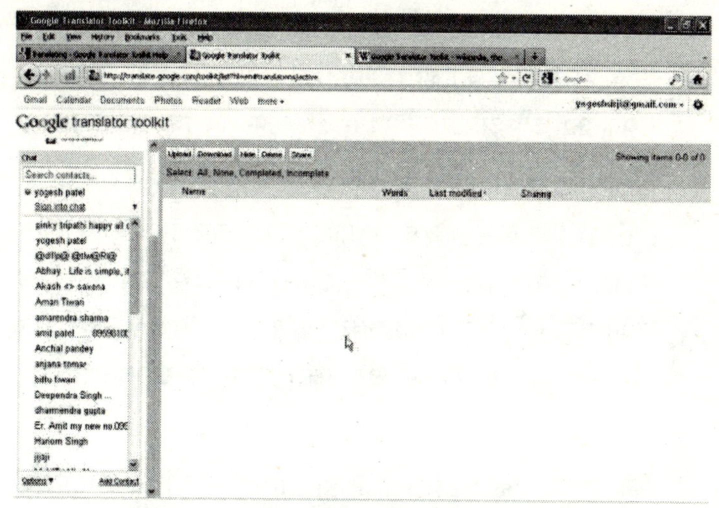

चित्र 9.5:

2. नयी फाइल अपलोड करने के लिये "Upload" बटन पर क्लिक कीजिये।

चित्र 9.6:

3. ओपन पेज से फाइल को अपलोड करने के लिये "Browse" बटन पर क्लिक कीजिये। ओपन डायलॉग बॉक्स से फाइल का चयन कीजिये और फिर "Open" पर क्लिक कीजिये।

4. फाइल का चयन करने के बाद "What do you want to call it?" टैक्स्ट बॉक्स में फाइल का नाम निर्दिष्ट कीजिये, "Translate from:" ड्रॉप डाउन लिस्ट से उस भाषा का चयन कीजिये जिसमें फाइल है, और "Translate to:" से उस भाषा का चयन कीजिये जिस भाषा में अनुवादन करना है।

5. अंत में "Upload for translation" पर क्लिक कीजिये। आपका डॉक्यूमेंट अपलोड होना आरंभ हो जाएगा और गूगल इसका अनुवादन चित्रानुसार कर देगा।

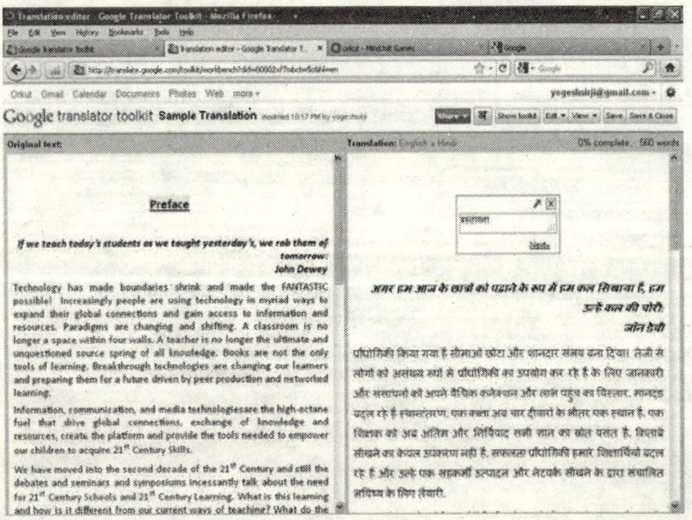

चित्र 9.7:

6. अब यदि आप इस फाइल का साझा किसी अन्य यूजर के साथ करना चाहते हैं, तो दी गई "Share" बटन पर क्लिक कीजिये और ओपन मेन्यू से "Invite people" पर क्लिक कीजिये।

7. ओपन हुई "Share with Others" विन्डो के "Invite" बॉक्स में प्राप्तकर्ताओं का ई-मेल अकाउंट (गूगल अकाउंट) टाइप कीजिये और संदेश टाइप कीजिये। इसके बाद "Send invitations" पर क्लिक कर दीजिये।

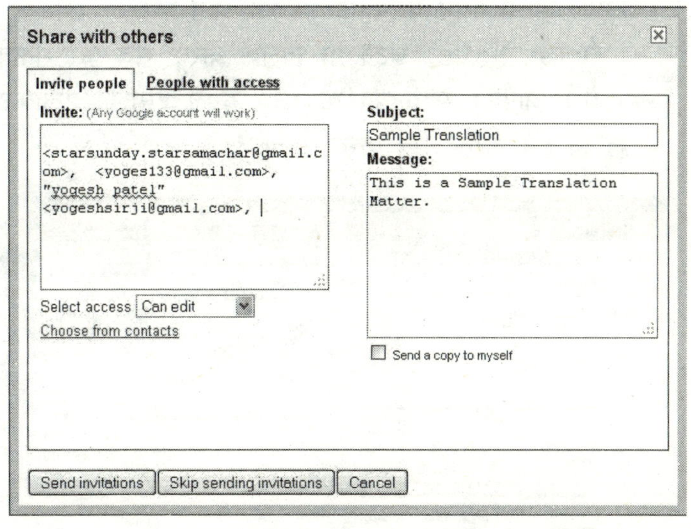

चित्र 9.8:

यदि किसी अन्य यूजर ने आपके साथ किसी अनुवादन फाइल का साझा किया है, तो आप निम्न प्रकार से उसका संशोधन कर सकते हैं।

1. गूगल ट्राँसलेट टूलकिट पर लॉगऑन कीजिये। ऐसा करते ही टूलकिट का इनबॉक्स ओपन हो जाएगा। इस इनबॉक्स में आपको साझा की गई फाइल की लिंक दिखाई देगी। इस पर क्लिक कीजिये।

2. ऐसा करते ही ट्राँसलेशन एडिटर पेज ओपन हो जाएगा। इस पेज में दांई ओर आप फाइल का अनुवाद कर सकते हैं। आपकी सुविधा के लिये गूगल पूरी फाइल को अलग-अलग खंडों में विभाजित कर देता है ताकि एक बड़े पैराग्राफ को देखने के स्थान पर एक वाक्य के अनुसार अनुवाद करें।

3. अनुवाद में संशोधन करने के पश्चात आप उसे "Ctrl+S" या दी गई "Save" बटन पर क्लिक करके सेव कर सकते हैं। वैसे आपकी सहूलियत के लिये गूगल ट्राँसलेट टूलकिट खुद ही इसे निरंतर सेव करता रहता है।

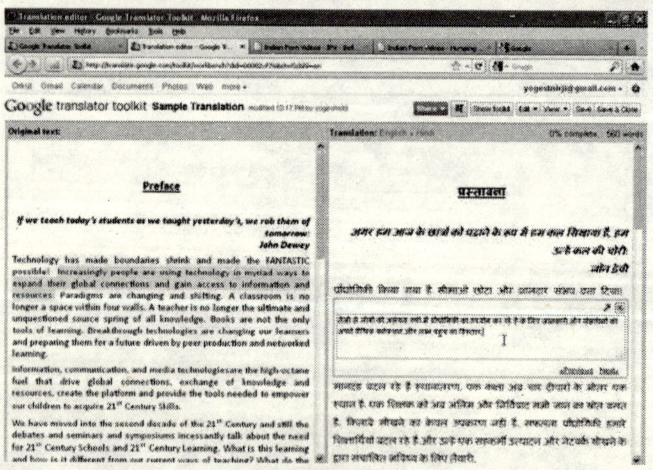

चित्र 9.9:

अध्याय 10 - अन्य प्रमुख सेवाएं

गूगल डेस्कटॉप (Google Desktop)

गूगल अपने सर्च इंजिन की वेबसाइट के जरिए आपकी वेब सर्चिंग को काफी सरल बना देता है। गूगल सर्च इंजिन इंटरनेट के घटकों से संबंधित आपकी लगभग सभी समस्याओं को चुटकियों में हल कर देता है। वैसे हम केवल वर्ल्ड वाइड वेब में ही सब कुछ नहीं खोजते रहते हैं। हमारे कम्प्यूटर में कई फाइल्स जिन्हें खोजना पड़ता है। वैसे तो ऑपरेटिंग सिस्टम्स में किसी फाइल या फोल्डर को खोजने के लिए एक विशेष सर्चिंग प्रोग्राम उपस्थित होता है लेकिन इसे और भी सरल बनाने के लिए गूगल ने गूगल डेस्कटॉप प्रोग्राम लाँच किया है, जिसके प्रयोग से आप न केवल अपने कम्प्यूटर हार्ड डिस्क में अपनी फाइल्स को खोज सकते हैं, बल्कि इसका प्रयोग आप ई-मेल्स, चैट्स, वेबपेज, म्यूजिक, फोटो और अन्य गूगल गैजट्स को खोजने के लिए भी कर सकते हैं।

गूगल डेस्कटॉप का प्रयोग कई कार्यों के लिए किया जा सकता है। जैसे:

- गूगल डेस्कटॉप आपके डाटा की इंडेक्सिंग कर सकता है अर्थात् यह आपकी आवश्यकतानुसार आपके ई-मेल्स, वेब ब्राउजर्स से वेब हिस्ट्री, ऑफिस डॉक्यूमेंट्स आदि की इंडेक्सिंग कर सकता है।

- गूगल डेस्कटॉप आपके कार्य को और भी सरल बनाने के लिए विभिन्न प्रकार के गैजट्स प्रदान करता है, जो कई प्रकार की सुविधाओं से युक्त होते हैं जैसे एनालॉग घड़ी, मौसम और तापमान की जानकारी, त्वरित समाचार आदि।
- गूगल इन सभी गैजट्स को एक साइडबार में संयोजित करके रखता है, जहां से आप इन्हें प्रदर्शित भी कर सकते हैं और छिपा भी सकते हैं।

गूगल डेस्कटॉप को अपने कम्प्यूटर पर इंस्टॉल करने के लिए निम्न चरणों का अनुसरण कीजिए:

1. सबसे पहले http://desktop.google.com/ पर जाइए। इस पेज पर पहुंचते ही आपको चित्रानुसार पेज दिखाई देगा। इस पेज में "Install Google Desktop" पर क्लिक कीजिए।

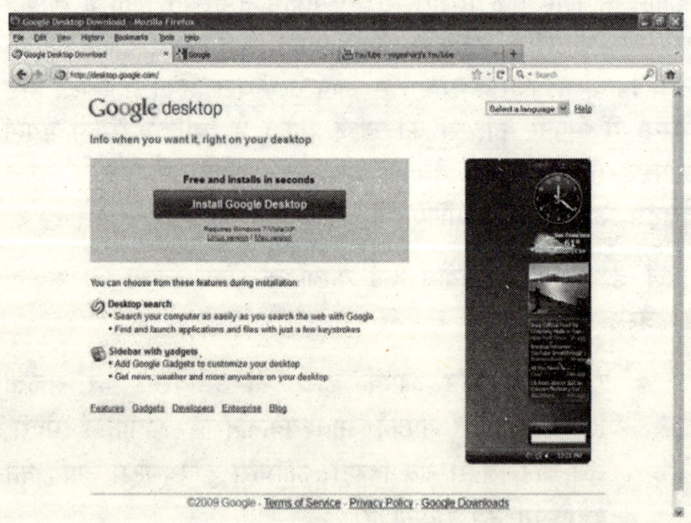

चित्र 10.1:

क्या आप जानते हैं? क्रेग सिल्वरस्टीन गूगल के पहले कर्मचारी थे।

2. ऐसा करते ही गूगल डेस्कटॉप फाइल की डाउनलोडिंग आरंभ हो जाएगी। एप्लीकेशन फाइल को हार्डडिस्क में स्थान दीजिए।
3. अब एप्लीकेशन फाइल के डाउनलोड हो जाने के बाद उसपर क्लिक कीजिए और ओपन डायलॉग बॉक्स में "Run" पर क्लिक कीजिए। ऐसा करते ही गूगल डेस्कटॉप इंस्टॉल होना आरंभ हो जाएगा।

चित्र 10.2:

4. इसके बाद गूगल सभी नियम तथा शर्तें प्रदर्शित करेगा। शर्तें मंजूर करने के लिए "I Agree" पर क्लिक कीजिए। दूसरे डायलॉग बॉक्स में आप यह निर्धारित कर सकते हैं कि आप बेसिक सर्च का प्रयोग करना चाहते हैं या उन्नत सर्च का, साइडबार में दिए गए गैजट्स प्रदर्शित करना चाहते हैं या नहीं, क्या आप गूगल को डिफॉल्ट सर्च इंजिन के रूप में उपयोग

करना चाहते हैं और क्या आप क्रैश रिपोर्ट आदि प्रेषित करके गूगल डेस्कटॉप को और भी उन्नत करना चाहते हैं। इसके लिए उपयुक्त चेक बॉक्स को सक्रिय कीजिए और फिर "Done" पर क्लिक कर दीजिए।

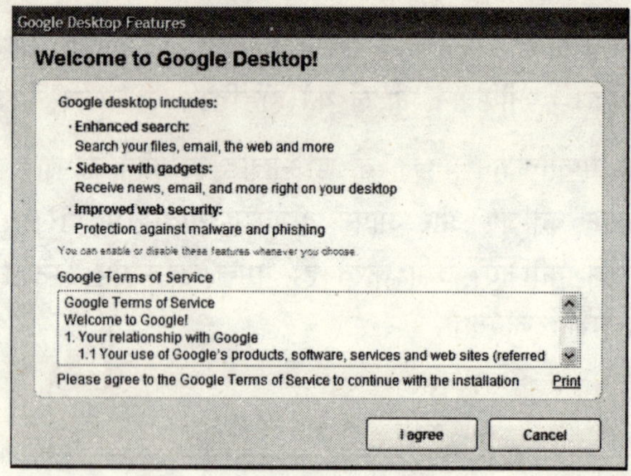

चित्र 10.3:

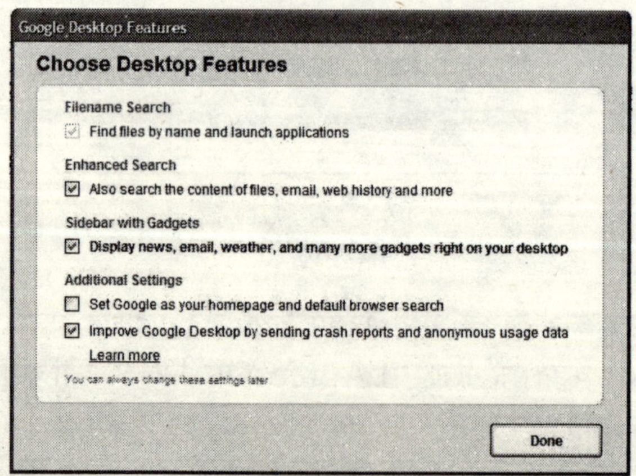

चित्र 10.4:

5. ऐसा करते ही गूगल डेस्कटॉप का इंस्टॉलेशन समाप्त हो जाएगा और आपको चित्रानुसार गूगल डेस्कटॉप दिखाई देने लगेगा।

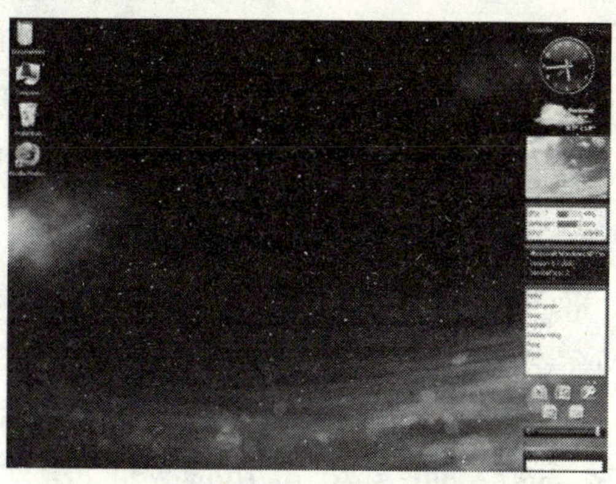

चित्र 10.5:

अब यदि आप किसी नए गैजट को इसमें जोड़ना चाहते हैं, तो बस साइडबार पर दांया क्लिक कीजिए और "Add gadget" का चयन कीजिए या ऊपर दी गई '+' बटन पर क्लिक कीजिए तथा ओपन डायलॉग बॉक्स से उपयुक्त गैजट का चयन करके "Add" पर क्लिक कर दीजिए।

चित्र 10.6:

इवेंट्स को प्रबंधित करना (Managing Events)

गूगल के जिस एप्लीकेशन के बारे में अब हम बात करेंगे वह है गूगल कैलेंडर, जिसे विशेष रूप से आपके इवेंट्स की तारीखों को प्रबंधित करने के लिए बनाया गया है। मान लीजिए कि आप काफी भुलक्कड़ किस्म के हैं और प्रायः ही आप कुछ महत्वपूर्ण इवेंट्स भूल जाते हैं।

कोई भी महत्वपूर्ण दिवस या कार्य आपको याद दिलाने का कार्य करता है, गूगल का कैलेंडर एप्लीकेशन। गूगल कैलेंडर एक निःशुल्क टाइम प्रबंधन एप्लीकेशन, जो काफी हद तक आपकी एक सामान्य कैलेंडर और डायरी के संयोजन की तरह कार्य करता है, जिसमें आप अपने नितदिन के कार्यक्रम, कुछ महत्वपूर्ण कार्य या दिवस नोट करते हैं, जैसे कि आपके दोस्तों के जन्मदिन आदि।

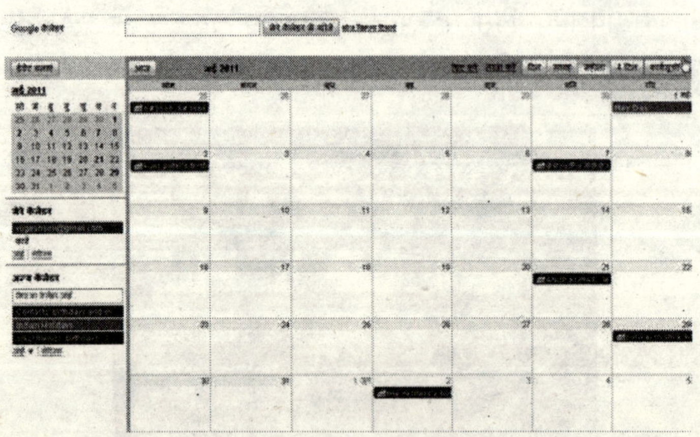

चित्र 10.7: गूगल कैलेंडर पर प्रदर्शित दोस्तों के जन्मदिन की तारीखें

आप गूगल कैलेंडर में सीधे अपॉइंटमेंट प्रविष्ट कर सकते हैं, जिसे इवेंट कहते हैं। ये इवेंट आपके कैलेंडर में दिन, सप्ताह, माह, कार्यसूची आदि के अनुसार व्यवस्थित होकर प्रदर्शित होते हैं।

गूगल कैलेंडर को सेट करना (Setting up Google Calendar)

यदि आप गूगल कैलेंडर में किसी कार्यक्रम को स्थापित करना चाहते हैं, तो ऐसा करने के लिये निम्न कार्यों की पूर्ति कीजिये:

1. calendar.google.com पर लॉगऑन कीजिये।
2. साइन-इन करने के बाद कैलेंडर दिखाई देगा।
3. इस कैलेंडर में एक इवेंट का निर्माण करने के लिये "Create Event" पर क्लिक कीजिये।
4. ऐसा करते ही चित्रानुसार इवेंट पेज ओपन हो जाएगा। इस पेज में इवेंट का दिनांक और समय, इवेंट का वर्णन, रिमाइंडर, प्राइवेसी आदि निर्दिष्ट कीजिये।
5. अंत में "Save" पर क्लिक कर दीजिये। आपके कैलेंडर का निर्माण हो जाएगा और गूगल कैलेंडर निर्दिष्ट किये गये ई-मेल पते पर ई-मेल भेजकर समय-समय पर आपको कार्यक्रम के बारे में सूचित करता रहेगा।

चित्र 10.8:

अध्याय 11: गूगल के साथ व्यापार बढ़ाएं

गूगल के साथ व्यापार (Business with Google)

इंटरनेट के विकास के बाद से लोगों के आपसी संपर्क में जितनी वृद्धि हुई है, उतनी ही बढ़ोत्तरी हुई है लोगों के व्यापार में। आप चाहे किसी छोटी सी एजेंसी के मालिक हो या फिर किसी बहुराष्ट्रीय कंपनी के, इंटरनेट ने आपके व्यापार को पूरी दुनिया में फैलाया है और गूगल ने भी इसमें आपकी बहुत मदद की है।

आप सभी टेलीविजन पर कार्यक्रम देखने के दौरान विज्ञापन देखते होंगे। ज़रा सोचिये कि यदि रिलायंस कोई नया उत्पाद लाँच करे लेकिन उसका प्रचार किसी भी प्रकार से न करे, तो क्या आप उस उत्पाद के बारे में जान पाएंगे। अब जब उस उत्पाद के बारे में जानते ही नहीं है तो उसे खरीदेंगे कैसे और यदि खरीदेंगे ही नहीं तो रिलायंस का व्यापार कैसे बढ़ेगा। कहने का तात्पर्य यह है कि किसी भी उत्पाद का प्रचार उसका व्यापार बढ़ाने के लिये आवश्यक है।

यह नियम वेबसाइट्स पर भी लागू होता है। मान लीजिये, कि आपने एक सोशल नेटवर्किंग साइट का निर्माण किया, लेकिन इस साइट के बारे में कोई जानता ही नहीं है, तो कोई इसका प्रयोग

कैसे करेगा। इस परिस्थिति में आपकी सहायता करता है गूगल, जो न केवल आपकी वेबसाइट का प्रचार वर्ल्ड वाइड वेब में फैली लाखों वेबसाइट्स के माध्यम से करता है बल्कि आपकी वेबसाइट को एक मनी मशीन में तब्दील करने में भी आपकी सहायता करता है। इस अध्याय में हम गूगल की इन व्यापारिक खूबियों के बारे में जानेंगे।

अपनी वेबसाइट पर प्रचार करें (Advertise on your Website)

कोई भी छोटी से छोटी या बड़ी से बड़ी वेबसाइट अपने निर्माता को एक अच्छी खासी आय प्रदान कर सकती है। वेब पर, ज्यादातर वेब कंपनियों की आय का प्रमुख साधन उनकी वेबसाइट पर किया जाने वाला अन्य वेबसाइट्स का प्रचार ही होता है, जिसके माध्यम से उन्हें सबसे ज्यादा आय प्राप्त होती है। खुद गूगल की आय का प्रमुख स्रोत भी ऐसे ही प्रचार हैं।

क्या आप जानते हैं?

गूगल के कर्मचारियों की संख्या 26 हजार से भी ज्यादा है।

गूगल अपने 'गूगल एडसेंस' नामक एक ऐड सर्विंग एप्लीकेशन के द्वारा अपनी सभी सेवाओं में अपने क्लाइंट की वेबसाइट्स का प्रचार करता है, अपने सर्च इंजिन पर, जीमेल, पिकासा, यूट्यूब आदि पर। इसके साथ ही अपने डाटाबेस में मौजूद सभी प्रकार की

वेबसाइट्स पर भी अपने क्लाइंट्स की वेबसाइट का प्रचार करता है, फिर चाहे वह वेबसाइट छोटी हो या फिर बड़ी। इस प्रचार के एवज में वह अपने क्लाइंट से शुल्क प्राप्त करता है और उस शुल्क का एक निश्चित भाग उस वेबसाइट को भी प्रदान करता है जिसमें उसने अपने क्लाइंट की वेबसाइट का प्रचार किया है।

इस प्रकार से आप अपनी वेबसाइट पर विभिन्न प्रकार के टैक्स्ट, इमेज या वीडियो विज्ञापन प्रसारित कर सकते हैं और एक अच्छी खासी आय का साधन प्राप्त कर सकते हैं। गूगल एडसेंस उन छोटी वेबसाइट्स की आय के स्रोत के लिये काफी उपयोगी है, जिनके पास खुद के एडवरटाइजिंग प्रोग्राम्स का विकास करने के लिये पर्याप्त साधन नहीं हैं और न ही वे इसका प्रबंधन करने के लिये विभिन्न विशेषज्ञों की सेवाएं ले सकते हैं।

अब आप सोच रहे होंगे कि आप इस प्रकार से वेबसाइट्स का प्रचार कर लगभग कितने पैसे कमा सकते हैं, तो यह निर्भर करता है कि गूगल अपने जिन क्लाइंट्स की वेबसाइट का प्रचार आपकी साइट पर कर रहा है वे उसे कितना भुगतान कर रहे हैं। गूगल प्राप्त कुल प्रचार शुल्क के एक निश्चित का भुगतान आपको करता है। कुल आय इस बात पर भी निर्भर करती है कि रोजाना आपकी वेबसाइट का उपयोग कितने लोग करते हैं, क्योंकि जितने ज्यादा आपकी साइट का प्रयोग करेंगे उतने ही ज्यादा आपकी साइट पर प्रदर्शित होंगे और आपकी आय बढ़ने की संभावना भी बढ़ेगी, साथ ही इस बात पर भी गूगल आपकी साइट पर किस प्रकार के विज्ञापनों को प्रसारित कर रहा है।

Make Money **Online - Earn** Rs. | RealTranslatorJobs.com 	विज्ञापन
2000 a day to translate simple documents from home.
www.realtranslatorjobs.com

Pay Per Click **Online** | star-clicks.com
No Setup Cost, Payouts with Paypal Management of over 1000 accounts
www.star-clicks.com

चित्र 11.1: गूगल के विज्ञापन

एडसेंस से जुड़ना (Joining AdSense)

गूगल एडसेंस से जुड़ना गूगल अकाउंट ओपन करने जितना ही आसान कार्य है, जिसके लिये निम्न चरणों की पूर्ति कीजिये:

1. सबसे पहले http://www.google.com/adsense पर लॉगऑन कीजिये। ऐसा करते ही एडसेंस पेज ओपन हो जाएगा। इस पेज पर "Sign up now" बटन पर क्लिक कीजिये। याद रहे कि भले आपने पहले से ही गूगल अकाउंट ओपन किया हो, लेकिन यह अकाउंट एडसेंस पर कार्य नहीं करेगा।

2. ऐसा करते ही चित्रानुसार एडसेंस फॉर्म पेज ओपन हो जाएगा। इस पेज में आपको निम्न विकल्प मिलेंगे:

   a. Website Information: इस खंड में आपको दो विकल्प मिलेंगे। "Website URL:" में अपनी उस वेबसाइट का नाम निर्दिष्ट कीजिये, जिसमें आप एडसेंस का प्रयोग करना चाहते हैं। "Website Language" से आप अपनी वेबसाइट की भाषा का चयन कर सकते हैं।

b. Contact Information: इस खंड में कॉन्टेक्ट की सूचनाएं प्रविष्ट कीजिये:

i. Account type: निर्दिष्ट कीजिये कि आप किस प्रकार का अकाउंट ओपन करना चाहते हैं, व्यक्तिगत या व्यापारिक।

ii. Country or territory: अपने देश का चयन कीजिये।

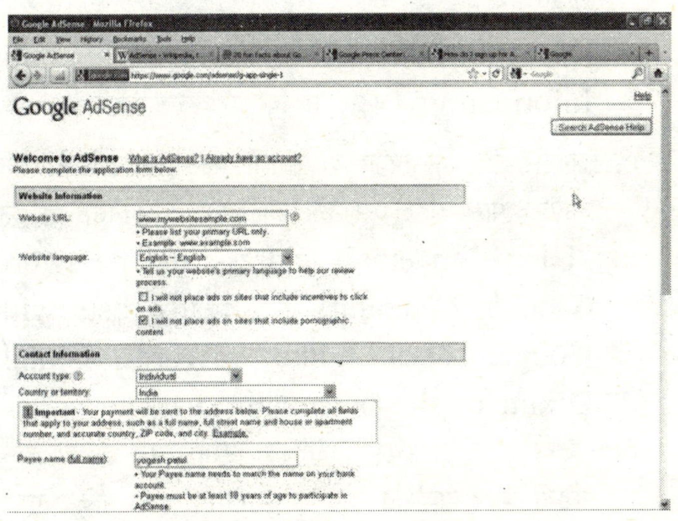

चित्र 11.2:

iii. Payee name: जिस व्यक्ति के नाम पर अकाउंट ओपन किया जाएगा। याद रहे यहां पर निर्दिष्ट किया गया नाम आपका वही नाम होना चाहिये जिससे आपका बैंक अकाउंट खोला गया है।

iv. Street Address: घर का पता।

v. City/Town: आपके शहर का नाम।

vi. Postal Code: शहर का पिनकोड।

vii. State: आपके राज्य का नाम।

viii. Phone: अपना फोन नंबर।

c. "Choose an option..." ड्रॉप डाउन लिस्ट से यह चयन कीजिये कि आपने एडसेंस के बारे में कहाँ से जाना।

d. दिये गए चेकबॉक्सों को सक्रिय करने के बाद, "Submit Information" बटन पर क्लिक कर दीजिये।

e. अगले पेज में आपको दो रेडियो बटन्स प्राप्त होंगे। यदि आपके पास पहले से ही कोई गूगल अकाउंट है, तो "I have an email address and password (Google Account) I already use with Google services like AdWords, Gmail, Orkut, or the personalized home page." रेडियो बटन का चयन कीजिये। ऐसा करते ही दो अन्य रेडियो बटन प्रदर्शित होने लगेंगे। यदि आप मौजूद गूगल अकाउंट का प्रयोग ही एडसेंस के लिये करना चाहते हैं, तो "I'd like to use my existing Google account for AdSense." का चयन करें और गूगल अकाउंट पर साइन-इन कीजिये। या फिर दूसरी रेडियो बटन पर क्लिक करके केवल एडसेंस के लिये नये अकाउंट का निर्माण कीजिये।

f. या फिर आप "I do not use these other services. I would like to create a new Google Account." रेडियो बटन पर क्लिक करके भी नए गूगल अकाउंट का निर्माण कर सकते हैं।

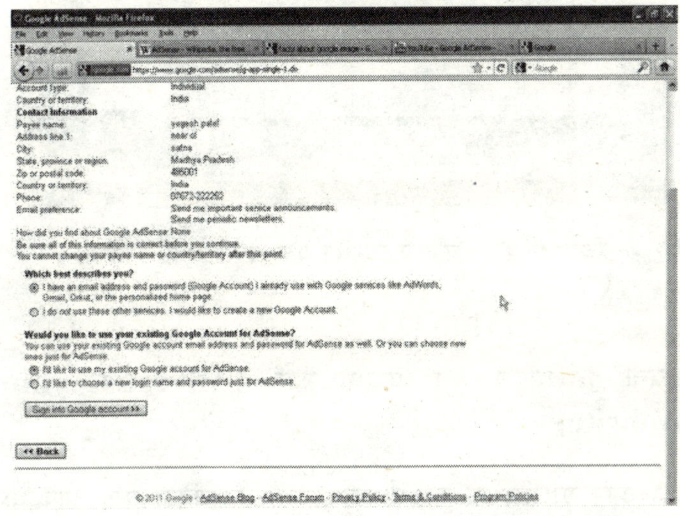

चित्र 11.3:

आपका निवेदन गूगल तक चला जाएगा। गूगल आपकी वेबसाइट की समीक्षा करेगा और एक निश्चित समय के बाद वह ई-मेल द्वारा आपसे संपर्क कर आपको यह उत्तर देगा कि वह आपकी साइट पर विज्ञापन प्रसारित करने का इच्छुक है या नहीं।

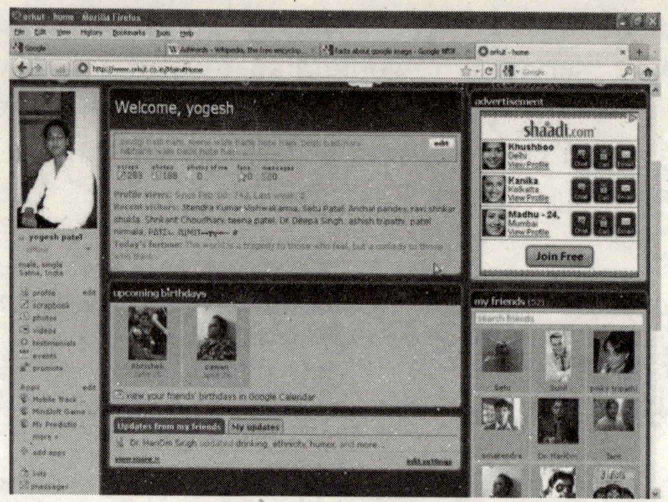

चित्र 11.4: ऑर्कुट में प्रसारित एक वेबसाइट के विज्ञापन

अपनी वेबसाइट का प्रचार करें (Advertise your Website)

अब आप एडसेंस के बारे में जान चुके हैं लेकिन क्या आप यह जानते हैं कि गूगल को ये विज्ञापन कहाँ से प्राप्त होते हैं। यह आवश्यक नहीं है कि गूगल के क्लाइंट के रूप में उसके साथ विश्व की नामी-गिरामी कंपनियां ही जुड़ी हों, वह आप भी हो सकते हैं। गूगल एडसेंस द्वारा आपकी वेबसाइट पर प्रसारित किये जाने वाले विज्ञापन असल में गूगल की ही एक अन्य सर्विस द्वारा आते हैं, जिसे गूगल एडवर्ड्स कहते हैं।

गूगल एडवर्ड्स वह सर्विस है जिसके माध्यम से गूगल अपनी वेबसाइट्स तथा एडसेंस के डाटाबेस में मौजूद वेबसाइट्स के स्पेस

को विज्ञापनों के लिये बेचता है। गूगल के अनुसार उसके विज्ञापन लगभग अस्सी प्रतिशत इंटरनेट यूजर्स तक पहुंचते हैं यानि हर 10 इंटरनेट यूजर्स में से 8 गूगल के विज्ञापन देखते हैं। गूगल एडवर्ड्स गूगल की आय का प्रमुख स्रोत है।

गूगल एडवर्ड्स पारंपरिक विज्ञापनों की तरह नहीं है। यहां आपको गूगल के साथ कोई भी अनुबंध नहीं करना पड़ता है यानि आप जब चाहें तब इसकी सेवाएं लेना बंद कर सकते हैं। एडवर्ड्स के अकाउंट को सक्रिय करने के लिये गूगल आपसे एक बार एक्टीवेशन फीस लेता है। अब बात रही कि एडवर्ड्स आपसे कितना शुल्क लेता है तो यह भी आप पर ही निर्भर करता है। गूगल मुख्य रूप से दो प्रकार की विज्ञापन सेवाएं प्रदान करता है: कॉस्ट पर क्लिक (सीपीसी) और कॉस्ट पर इम्प्रेशन (सीपीएम)। कॉस्ट पर क्लिक से तात्पर्य ऐसी सर्विस जिसमें आपको तब भुगतान करना पड़ता है जब आपके विज्ञापन पर क्लिक किया जाता है। कॉस्ट पर इंम्प्रेशन से तात्पर्य ऐसी सर्विस से है जिसमें विज्ञापन का भुगतान विभिन्न वेबसाइट्स पर प्रत्येक एक हजार प्रदर्शन के आधार पर किया जाता है।

गूगल के साथ अपनी वेबसाइट का प्रचार करने के लिये निम्न कार्य कीजिये:

1. सबसे पहले www.google.com/adwords पर लॉगऑन कीजिये और अपने गूगल अकाउंट से साइन-इन कीजिये।
2. अगला पेज तीन चरणों में होगा। पहले चरण "Create Google Account" में आप एडसेंस के अंतिम चरण की तरह कार्य करेंगे और गूगल अकाउंट पर लॉगइन करेंगे।

3. अगले चरण “Set time zone and currency” में अपने देश, टाइमजोन और मुद्रा का चयन कीजिये और फिर “Continue” पर क्लिक कीजिये।

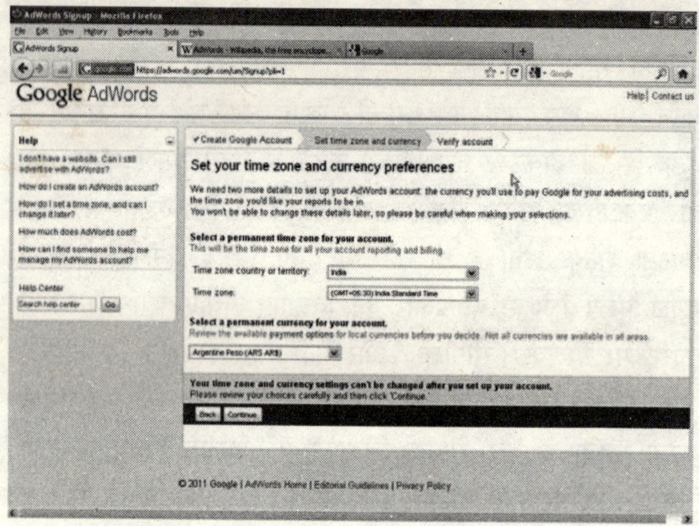

चित्र 11.5:

4. ऐसा करते ही आपके अकाउंट का निर्माण हो जाएगा और आपके ई-मेल पर एक कंफर्मेशन मेल प्रेषित हो जाएगा। अब आप प्रदर्शित हो रहे पेज पर "Sing in to your AdWords account" पर क्लिक करके अपने एडवर्ड्स अकाउंट पर साइन-इन कर सकते हैं।

5. अब आप चित्रानुसार ओपन हुए पेज पर “Create your first campaign” पर क्लिक करके अपने पहले विज्ञापन का निर्माण कर सकते हैं।

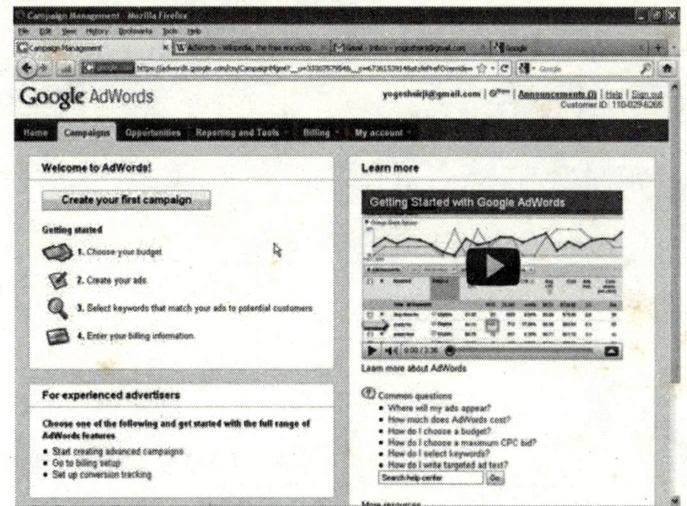
Campaign Management - Mozilla Firefox
Google AdWords
Campaigns
Opportunities
Reporting and Tools
Billing
My account
Welcome to AdWords!
Create your first campaign
Getting started
1. Choose your budget
2. Create your ads
3. Select keywords that match your ads to potential customers
4. Enter your billing information
For experienced advertisers
Choose one of the following and get started with the full range of AdWords features
Start creating advanced campaigns
Go to billing setup
Set up conversion tracking
Learn more
Getting Started with Google AdWords
Learn more about AdWords
Common questions
Where will my ads appear?
How much does AdWords cost?
How do I choose a budget?
How do I choose a maximum CPC bid?
How do I select keywords?
How do I write targeted ad text?
Search help center
Go

चित्र 11.6: